水の流れ

クラリッセ・リスペクトル
福嶋伸洋＝訳

河出書房新社

Agua Viva / Clarice Lispector

装幀＝佐々木暁

水の流れ

形象——物体——から完全に自由な絵画、音楽のように何も描写せず、どんな物語も語らず、どんな神話も作らない絵画があるべきだった。夢が思考となり、線が存在となる、伝達し得ない精神の領域を描き出すことで満足する絵画が。

ミシェル・スーフォール

真に深い喜びを感じながら。こんなに大きな歓喜。ハレルヤとわたしは叫び、その叫びは、別れの苦しみで発される悪魔めいた幸せの叫びでもある黒々とした怒号とひとつに混じり合う。もう誰もわたしを抑えることはないから。わたしは理性の力を保っている――理性の狂気である数学を学んだから――でもいまほしいのは血漿《けつしょう》――胎盤から直《じか》に栄養を取りたい。少し怖くもある。自分の身を委ねることが。次に訪れる瞬間は未知だから。次の瞬間を作るのはわたし？　あるいはそれは自ずとできあがる？　わたしと瞬間はいっしょに呼吸をしながら次の瞬間を作る。闘技場に立つ闘牛士のように機敏に。

わたしはあなたに言う。わたしは、現在の瞬間の四次元を捉えようとしている。それはあまりにも儚《はかな》く、もう存在していない。というのもいま、新たな現在の瞬間になり、それもまたすでに存在していないから。あらゆるものは、そのものである瞬間を持っている。わたしはものの「é《である》」を手に入れたい。わたしが呼吸する空気のなかで流れてゆくこの瞬間たち、それらは花火のように空間のなかで弾《はじ》けて消える。わたしは時間の原子を自分のものにしたい。そして、本性からしてわたしには禁じられている現在を、捉えてみたい。現在は逃れてゆき、わたしは今の瞬間においてつねに現在である。愛の行為においてのみ——感覚を星のように清澄《せいちょう》に抽象することによって——、空中で震える硬質の水晶のような、瞬間の未知なるものを捉えることができる。生とはその語り得ない瞬間であり、出来事それ自体を超越する。愛において、非人称という宝石のような瞬間が空中で煌《きら》めく。それは身体の未知の栄光であり、瞬間々々の、鳥肌で感じられる物質である——感じられるのは、身体の外部で生起するきわめて客観的な非物質であり、高みで火花を散らす喜びである。喜びは時を形成する物質であり、何より瞬間である。瞬間にはそれ自身の「である」がある。わたしは自分の「である」を捉えたい。そして鳥のように、空中へとハレルヤを歌う。わたしの歌は誰のものでもない。だが悲しみや愛においては、苦しい情熱のあとには必ずハレルヤが訪れる。

わたしの主題は瞬間だろうか？　人生の主題は。わたしはそれに後《おく》れを取らないよう、流れてゆく瞬間たちに合わせて何千回と自分を分割し、断片になり、儚い瞬間になり——わたしが唯一、自分に約束するのは、わたしが時とともに生まれ、時とともに育つということだけ。わたしのための空間は、時間のなかにしかない。

わたしのすべてをもって、あなたに向けて書いている。存在するという美味を感じている。あなたは瞬間のように抽象的な味がする。わたしは絵も全身をもって描くし、全身で自分と格闘しながら、実体のないものを画布に定着させる。音楽は理解するものではなく、聴くものである。だからあなたも全身でわたしに耳を傾けてほしい。わたしが書くものを読んであなたは、なぜわたしが絵画や展覧会だけで満足しないのかと問うだろう。わたしの書き方は粗雑だし、当てずっぽうだから。わたしはいま言葉が必要だと感じている――わたしの書くものは、自分にとって新しい。わたしの真の言葉はいままで手付かずだったから。言葉はわたしの四次元。

あなたに話した油絵をきょう描き終えた。細く黒い筆跡の、絡まり合う曲線たち。あなたには知りたがる癖があって――原因こそが過去の原料なのだから、わたしの関心を引かないことがあろうか――あなたは訊《たず》ねるだろう、なぜ細く黒い線なのかと。わたしが丸みを帯び、絡まった、生温かい線で文字を書く原因、でもときに生まれたての瞬間、いつも自ずから震えている小川の水のように冷たい線で文字を書く原因は、わたしを書くことに向かわせるのと同じ秘密にある。そのキャンヴァスに描いたものを、言葉で表すことができるだろうか？　音楽の響きに隠れた沈黙の言葉が表すのと同じくらいなら。

わたしがどう音楽を聴くか、あなたに語ったことは一度もないことはわかっている――レコードプレーヤーに軽く手を置くと、その手が震えて全身に波を伝える。そのようにして、現実の領域の最深層である振動の電流を感じ、世界はわたしの両掌《りょうて》で震える。

それで、グレゴリオ聖歌で繰りかえし歌われる言葉の震える深層を、わたしは自分のために求めているということに気づく。自分の知るすべてを言い表せないことはわかっている。絵に描いたり、意味を持たない音のかたまりを発音したりすることしかできないと。ここであなたに向かって言葉を使わなければならないなら、言葉は、身体だけが解する意味を持つ必要がある。わたしはあの最後の痙《けい》攣《れん》に抗《あらが》っている。あなたにわたしの深層について語るために、わたしは今の瞬間から成る言葉で文を組み立てる。だから、ひとつひとつのシラブルの響き以外には意味のない、純粋な震えでできたわたしの創作品を読んでほしい。このあとに続く言葉を読んでほしい。「幾世紀の時の流れとともに、わたしはエジプトの秘密を失った。言葉とその影に惹《ひ》きつけられて、電子、陽子、中性子のエネルギー作用によって、経度、緯度、海抜を動き回っていたときに」。ここであなたに向けて書いたのは、過去も未来も持たない、電子デッサンである。それは単に今の瞬間である。

わたしが書かなければならないのはまた、あなたの領域が、議論に使う言葉のそれであり、わたしの絵画が持つ直接的なものとは異なるから。わたしの文章が素朴だということはわかっている。わたしは自分が書く文章を愛しすぎてしまい、その愛は欠点を埋め合わせはするが、過剰な愛は作品を損なってしまう。これは本ではない。本はこんなふうに書くものではないから。わたしが書くのはある絶頂なのだろうか？　わたしの日々は、ただひとつの絶頂。わたしは間際の時に生きている。

書くとき、わたしは色を使って手で描く絵画と同じように創作することはできない。でもわたしはあなたに向けて、全身で書こうと努めている。言葉の、柔らかく、神経が走っている点を射抜く矢を放ちながら。わたしの、未知なる体があなたに言う。「恐竜」「魚竜」「首長竜」と、ただ響きだけに意味を与えつつ、これら言葉の藁《わら》を乾かすのではなく、湿らせるように気を配りつつ。わたしが描くのは観念ではなく、もっとも到達しがたい「いつまでも」である。あるいは、「決して」。それらは同じことだ。何よりまず、わたしは絵を描く。そして何よりまず、硬い筆跡であなたに書く。どうにかして言葉と手を取り合いたい。言葉は物なのだろうか？　瞬間々々に、わたしは果実から果汁を搾り出す。生の髄と種子に手を届かせるためには、自分を任から解かなければならない。瞬間は生きた種子なのだ。

不調和という、秘密の調和。わたしが望むのは、完成品ではなく、苦しみに耐えながら創り出されつつあるもの。わたしのちぐはぐな言葉たちは、わたしの沈黙の贅《ぜい》。アクロバティックな空中のピルエットによってわたしは書く――話すことを深く望みつつ、わたしは書く。書くことでもたらされるのは、沈黙のための大いなる手段でしかないけれど。

「わたし」と言っているのは、「あなた」と、あるいは「わたしたち」「ある人」と言う勇気がないから。自分を矮小化《わいしょうか》して、人格を与えるという慎ましさを強いられてはいるけれど、わたしは「あなたである」だ。

そう、わたしが求めているのは、現実の、触れ得ない部分と分かちがたいほどに原始のものである、最後の言葉。わたしはまだ論理から遠ざかることを怖れている。というのも、わたしは直感の、直接の、未来の域に陥ってしまうから。今日を生み出すことが、わたしにとっては、未来を創り出す唯一の手段。現在は未来であり、あらゆる時間は定められた時間である。だが、論理から遠ざかることの何が悪いのか？　わたしはありのままの素材に取り組んでいる。思考の背後に潜むものを追い求めている。自分を型に分類しようとすることに意味はない。そんなことをされないよう、わたしは単純に逃げるし、ジャンルに囚《とら》われることもない。わたしは真新しく、みずからに関心を持つ、真なる状態にあるが、それは絵に描いたり文字に書いたりすることができないほど魅力があり、個人的なもの。わたしがあなたを愛していたときに、あなたといっしょに過ごした一瞬々々に似ている。わたしはそれを超えてゆくことはできなかった。一瞬々々の奥底に達したから。それは周りを巡るエネルギーと触れ合う状態であり、わたしは身悶《みもだ》える。狂った調和の一種。自分のまなざしが、世界に全存在を委ねる原始の人間のそれであるはずだと知っている。善と悪をごく大雑把に認識するだけで、髪の毛のように悪と絡まり合って球になった善を、善きものである悪を知ろうとはしない神々のように原始の。

みずからの裡《うち》に死を抱えている瞬間々々をわたしが捉えて留《とど》めると、他の瞬間が生まれる――変身の瞬間を留める。それに続くもの、それと同時に生起するものは、恐ろしい美しさを備えている。

いま、夜が明けようとしていて、この暁《あかつき》は海辺の砂浜にかかる白い霞《かすみ》でできている。そしてすべてはわたしのもの。食べものにはあまり手を触れない。一日の目覚めを超えたところへと目覚めたくはない。わたしは一日とともに成長し、その一日はわたしが成長するときに朧《おぼろ》な希望を殺し、硬い太陽を、正面から見据えることを強いる。暴風が吹きつけて、わたしの紙葉をばらばらにする。わたしは耳にする、翼を広げて斜めに飛んでゆく鳥の叫び、末期《まつご》の鳴き声の風を。そしてわたしは、緊張感のある言語の厳格さを自分に課す。体液《ユーモア》のまったくない、白い骸骨の裸性を自分に課す。骸骨は生から解き放たれているけれど、わたしは生きているかぎり全身で身悶える。究極の裸性にわたしが達することはないだろう。それにどうやら、わたしはそれを望んでもいない。

これは、生から見た生。わたしには意味はないかもしれないが、それは、脈打つ血管に意味がないと同様のこと。

わたしは、学ぶ者として、あなたに向けて書きたい。すべての瞬間を写真に撮る。物を描くよりも物の影を描くように、言葉たちを深掘りする。理由を訊《き》きたくはない。理由はいつでも訊くことができるが、ずっと答えがないこともあり得る。答えのない問いがあとに続く、期待を孕《はら》んだ沈黙に身を委ねることが、わたしにはできるだろうか？　どこかで、いつか、わたしのための大いなる答えがあることを、予測してはいるけれど。

やがてわたしは絵に描くこと、文字に書くことができるようになるだろう。真新しいのに裡にあったような答えを得たのちに。耳を傾けてほしい、沈黙に耳を傾けてほしい。わたしがあなたに話すことは、わたしがあなたに話すことでは決してなく、別のこと。その、わたしを逃れるものを捉えてほしい。同時にわたしは、それに依って生き、輝く闇の表層に浮かんでいる。ある瞬間、わたしはそうと感知できないまま別の瞬間へと連れてゆかれ、主題なき主題が無計画に、だが万華鏡の次々と移り変わる幾何学模様のように展開してゆく。

わたしはゆっくりと、自分自身への贈り物である、はじまりの歌のような終わりの歌でばらばらにされた光輝へと入ってゆく。かつて絵画に入っていったように、文章へとゆっくり入ってゆく。それは、蔓《つる》、シラブル、忍冬《すいかずら》、色、言葉がもつれ合った世界――それは、世界の子宮である太古の洞窟に通じる閾《しきい》であり、わたしはそこから生まれることになる。

わたしがいくつもの洞窟を描くのは、そうすることで大地に潜ってゆけるから。暗いけれど栄光に輝いている場所。そしてわたしは、自然の血液となる――途轍《とてつ》もない、危険な洞窟は、地球のお守りであり、そこには鍾乳石《しょうにゅうせき》、化石、岩石が集まっていて、みずからの悪の本性によって狂気に陥った獣たちが隠れ処《が》を求めてやってくる。洞窟はわたしの冥府である。洞窟はいつも靄《もや》の夢を見ている。それはあるいは追憶や郷愁だろうか？　不気味な、不気味な、深遠な、時間の藻が繁茂して緑色に染まった洞窟。昏《くら》い穴のなか、十字に交差したコウモリの翼を持つネズミたちがぶら下がり、ちらちらと煌めく。柔毛で覆われた黒いクモが見える。ネズミやドブネズミが驚いて地面や壁を走る。岩陰にはサソリ。幾多の死と生誕を経ても先史時代から姿を変えないカニたちは、もし人間と同じ大きさなら恐ろしい怪物に見えるだろう。年老いたゴキブリが暗闇のなかで身を引きずっている。そしてそれらのすべてが、わたしである。すべてが、わたしが洞窟を描くとき、あるいはあなたに向けて洞窟について書くとき、夢で重くなる――外からは、数十頭の、繋《つな》がれていない馬が乾いた蹄《ひづめ》で闇を踏み鳴らす音が聞こえてくる。そして叩《たた》きつけられる蹄から、歓喜の火の粉が放たれる。そこに、わたしがいて、洞窟がある。わたしたちを腐敗させる時のなかに。

これまで絵に描いてきた洞窟の実在を、細かい描写は省いて、言葉に移したい――でもどうすればいいのかわからない。できるのはただ繰りかえすことだけ、その甘い恐怖を。恐怖と奇蹟の洞穴、苦しむ魂と冬と冥府の場所、貧しい土地の下にある悪の予見し得ない深層を。わたしが洞窟の名を呼ぶと、それは瘴気《しょうき》とともに生き始める。だからわたしは恐怖を描き出せる自分を怖れている。音がよく響く洞窟に棲《す》む獣であるわたしは、自分が言葉であり、同時にその反響でもあることに、息を詰まらせる。

でも今の瞬間は、点《つ》いては消え、点いては消える蛍である。現在とは、高速で走る自動車のタイヤが路面に触れる刹那のこと。タイヤのまだ触れていない部分は、直ちに触れて、現在の瞬間を吸収して、過去にする。瞬間のように生きて煌めくわたしは、点いては消え、点いては消え、点いては消える。ただ、わたしが自分の裡に捉えるものは、いまこうして文章になると、つかの間のまなざしより多くの瞬間を占める言葉たちに対する絶望を感じさせる。わたしはひとつの瞬間よりむしろ、その流れを求めている。

わたしのものである新しい時代、それがいまにもわたしに告げられる。わたしには勇気があるだろうか？　いまのところはある。なぜなら、長い苦しみを経てきたから。愛の冥府をくぐり抜けてきて、いまはあなたから自由になっているから。わたしは遠くから来た——重苦しい祖先から。生きる苦しみから来たわたし。

その苦しみはもういらない。喜びの痙攣がほしい。モーツァルトの朗らかさを求めている。でも無分別もほしい。自由のこと？　最後の避難所としての自由をわたしは自分に課し、それに耐えている。天恵として享受するのではなく、英雄として耐えている。わたしは英雄のように自由。そして、流れを求めている。

あなたに向けて書いている文章は、心地よいものではない。打ち明け話ではない。むしろ自分に金属の膜を張ろうとしている。わたしは、あなたにとってもわたしにとっても心地よい存在ではない。わたしの言葉は一日の空間のなかで破裂する。あなたがわたしについて知るのは、的を射た矢の影。わたしは空間に場所を持たない影を空《むな》しく捉えるだけ、そして重要なのは矢だけ。わたしもあなたもいない何らかの場を、わたしは築き上げる——それが、死へと繋がるわたしの自由。

まさに今の瞬間に、わたしは漂うような希薄な欲望に包まれて、驚嘆と、香りが満ちた庭園の芝生の噴水から流れ出る水に反映する数千の陽光とを望んでいる。わたしがこの瞬間に生み出している庭園と陰、それらはわたしのこの生の瞬間について話すための具体的な手段である。わたしの状態は、水が流れる庭園のそれ。その状態を描写しながら、時が生まれ出るように、わたしは言葉たちを混ぜ合わせる。わたしがあなたに語ることは、一瞥《いちべつ》するようにさっと読まれなければならない。

いまは昼で、いつの間にかふたたび、思いがけない爆発を起こす日曜日になっている。日曜日は、反響の日——熱く、乾いた反響、そして至るところに、ミツバチやスズメバチの羽音、鳥の鳴き声、遠くから聞こえる一定の槌音《つちおと》——日曜日の反響はどこから来るのだろう？　空虚なので日曜日を嫌うわたし。そもそもの原初のものを、発生源として求めるわたし——水源で水を飲むことを切望するわたし——そのすべてであるわたし、宿命と悲運のために、自分の声の反響だけを聞き、体験しなければならないわたし。というのも、わたしには正確な意味でのわたしを捉えることはできないから。わたしは、痺《しび》れや震えをもたらす奇蹟めいた期待を抱いて、世界に背を向けている。どこかで無垢《むく》なリスが逃げてゆく。植物、植物。シュガーポットの周りに蠅《はえ》が飛ぶ日曜日の夏の暑さのなか、わたしはまどろんでいる。日曜日であることが、色鮮やかに見せびらかされている。成熟した栄光。そのすべてを、わたしは以前の日曜日に描いた。ここにそのかつては無垢で、いまは成熟した色彩を纏《まと》うキャンヴァスがある。活気のない街路の空気に向かって開いた窓の前で、青い蠅たちが煌めいている。歯が刺されればささやかに破裂して果汁を滴らせる、張り詰めた果実の皮のような一日。わたしを液状化させる忌まわしい日曜日が怖い。

わたしを、あなたを作り直すため、わたしは庭園と陰の状態へと、瑞々《みずみず》しい現実へと戻り、ほとんど存在を消す。繊細な注意深さによってかろうじて存在している。陰の周りは、汗だくになる暑さ。わたしは生きている。でもまだ自分の限界には達していないと感じている。その境界の向こうには何が？　危なっかしい自由の、境界を越えてゆく冒険。でもわたしは危険を冒す。危険を冒しながら生きている。わたしには、黄色く揺れるアカシアの木が満ちている。まだ冒険の旅を始めたばかりのわたしは、ある悲劇の感覚を抱いて、失われた大洋へと生の歩みが向かうよう先を見据えている。自分の隠れ処を占有しようとする狂気のあまりの美しさに、息が詰まる。わたしは「以前」であり、「ほぼ」であり、「決して」である。そのすべてを、あなたを愛するのをやめたときに手に入れた。

絵を描く前のスケッチの練習としてあなたに向けて書く。言葉が見える。あなたに伝えていることは、純粋な現在であり、この本は空間に引かれた一本の直線である。それはつねに進行中で、開いた瞬間に閉じながら閃光《フラッシュ》を裡に取り込む写真機の露出計である。わたしが「生きた」「生きるだろう」と言ったとしても、わたしがそう言うのはいまなのだから、それは現在である。

これらのページを書き始めたのは、絵を描くための準備でもある。でもいまわたしは言葉の快さに浸っていて、絵の具の領域から離れかかってさえいる。あなたに語ることを考え出すのに快楽を覚えている。言葉への入信の儀式を経験している。わたしの動作は角ばったヒエログリフのよう。

そう、これは生から眺めた生。でも不意に、何が起こっているのかを捉える方法を忘れ、何であれ立ち現れるものひとつひとつを経験するという方法でしか、存在を捉えられなくなる。自分の過ちからも離れている。馬が、燃えるように自由に走るままにしておく。神経質に速歩《トロット》するわたしに境界線を引くのは現実だけ。

そして一日が終わろうとするとき、コオロギの鳴き声を聞いて、わたしは完全に満たされた不可解な存在になる。そのあと、小鳥たちで満ちた青い夜明けを生きる――わたしはあなたに、人が一生で経験することについて教えようとしているのだろうか？　自分の身に起こることひとつひとつを、留めるために書き記す。掌で、今の瞬間の、震える生き生きとした神経を感じたいし、その神経が、絶えず脈打つ血管のようにわたしに反抗するのを感じたいから。それにその命の神経の反乱を、身悶えと喘《あえ》ぎを。満たされた生の昏い官能に、サファイア、アメジスト、エメラルドが撒《ま》き散らされることを望む。わたしの暗闇のなかでは、みずから光を発する言葉、巨大なトパーズが震えるから。

いま、荒削りな音楽が聞こえる。薬でハイになった若者たちが今を生きている、近隣の家から聞こえてくる打楽器のリズムしかないような音楽。止まらないリズムがもう一瞬続けば、何か恐ろしいことがわたしに起こる。

発作のようなリズムのせいで、わたしは移ってゆく――生の彼岸《ひがん》へと移ってゆくだろう。どう伝えたらいいだろう？　恐ろしいものがわたしを脅かす。もう止まることができないと感じ、怖くなる。恐怖から気を逸《そ》らそうとする。でもだいぶ前から、現実の槌音は止んでいる。わたし自身が、裡なる不断の槌音になっている。そこから自分を解放しなければならない。でもできない。わたしの彼岸が、わたしを呼んでいる。聞こえてくる足音はわたしの足音。

大地の深いところから、巨木のごつごつした根を引き抜くように、わたしはあなたに向けて書いている。それらの根は、力強い触手のよう。蛇たちに巻きつかれた、充足を求める肉欲を抱いた強い女たちの、たっぷりとした裸体のよう。そのすべてが、黒ミサの祈禱《きとう》であり、這《は》いずるようなアーメンの祈りである。というのも、悪《あ》しきものは庇護《ひご》がなく、神の同意を必要とするから。それが創造である。

わたしは、知らないうちに彼岸へと移ってしまったのだろうか？　彼岸は、悪寒がするほど耐えがたい生だ。だがわたしの恐怖は変容する。それでわたしは、熟した果実のように重たい数々の象徴に満ちた重たい生へと身を委ねる。これらは間違った喩《たと》えだけど、わたしはもつれて引きずられてゆく。かつて持っていた良識の微《かす》かな記憶によって、此岸《しがん》にかろうじて繋ぎ止められている。助けてほしい。近づいてくる何かがわたしのことを笑っている。急いで助けに来てほしい。

でも、抜け出すための手を誰も貸してくれないので、力を振り絞らなければならない——悪夢のなかで、突然の衝撃を受けて、此岸にうつ伏せで倒れる。荒野に投げ出されたままになる。疲弊して、心臓は狂ったように脈打ち、ぜいぜいと荒く呼吸する。助かったのだろうか？　濡《ぬ》れた額を拭う。ゆっくりと立ち上がって、病み上がりのような弱々しい歩みを試みる。どうにか均衡を取れそうだ。

いや、こういったことすべてが起こるのは、現実にではなく、あの領域で——芸術の領域？　そう、人工物を通じてきわめて繊細な現実が現れ、わたしの裡で存在し始める芸術という領域で。わたしはそのように変貌する。

でも、彼岸、そこからわたしはかろうじて逃れたのだが、彼岸は聖なるものとなり、わたしは自分の秘密を誰にも語らない。夢のなか、その彼岸でわたしは誓いを立て、血の契約を結んだようだ。誰も、何も知り得ない。わたしが知っていることは儚く、わたしとわたしのはざまにあって、ほぼ実在しないに等しい。

　わたしも弱者なのだろうか？　不断の、狂ったリズムに取り憑《つ》かれた弱者なのか？　もしわたしが堅固で強かったら、そのリズムを聞き留めることもなかっただろうか？　答えは見つからない。それは単に人生からわたしのところにやってくるもの。でもわたしは何なのだろう？　答えは単純だ。わたしは何かだ。ただ、ときにこう叫ぶことがある。もうわたしでいたくない‼　それでもわたしは自分に密着し、人生というほどきがたい織物が形作られる。

　わたしに同伴してくれる人は同伴してほしい。道のりは長く苦しいが、それはわたしが生きるもの。いまわたしは真剣にあなたに話しているから。わたしは言葉遊びをしているのではない。わたしは、知性では読み解けない、言葉の彼方へと転がってゆく官能の文章に託身する。そして文と文のぶつかり合いからかぼそい沈黙が立ち上る。

だから、書くことは、餌としての言葉を持つ者の手段だ。言葉ではないものを釣る言葉。その言葉ならざるものが――行間が――餌に噛《か》み付くとき、何かが書かれる。行間が釣れたら、安心して言葉を捨て去っていい。だが、この喩えが正しいのはここまで。言葉ならざるものは餌に噛み付いてそれを体内に取り込む。だから上の空で書くのがいい。

意味を持ち得るものだけに依って生きる者の、恐ろしい制約を受けたくはない。わたしは拒む。わたしが望むのは、新たに生み出された真理。

あなたに何を話すのか？　瞬間々々のこと。わたしは定められた位置を飛び出し、そうして初めて存在の熱を帯びることができる。何という熱だろう。いつの日か、生きるのを止められるだろうか？　何度となく死ぬ哀れなわたし。数々の根に突き破られた大地の険しい道を歩み、天恵として情熱を抱き、幹の焼け跡で激しく身を捩《よじ》る。わたしが存在している時間に、自分を超越する隠れた意味を与える。わたしは共時の存在。過去、現在、未来の時を、時計のチクタクという動きのなかで動悸《どうき》する時を、自分の裡に併せ持っている。

自分を解釈し、公式化するために、人生史のこちら側と向こう側に位置付けられる形の新しい記号と分節とが必要である。現実を変容させると、夢に耽《ふけ》った、夢遊病の別の現実がわたしを創り出す。わたしは全身で転がり、床を転げるほどに紙葉に自分を書き込んでゆくが、匿名の現実の匿名の作品たるわたしは、人生が続くあいだしか正当化できない存在である。

でもいまのところわたしは、叫び、滾《たぎ》るものの直中《ただなか》にいる。もっとも触れがたい現実のように仄《ほの》かなものの。いまのところ、時間とは、ひとつの想念が続く期間のこと。

その、現実の目に見えない核との接触には、ある純粋さがある。自分がここで何をしているのかはわかっている。滴り落ちる瞬間々々を数えているのだ。それらは血のようにどろどろしている。自分がここで何をしているのかはわかっている。即興だ。それの何が悪い？　ジャズの即興演奏のように、わたしは即興で書いている。熱狂するジャズのように、わたしは観衆の目の前で即興する。

絵の具を、言葉という この奇妙なものに替えたのは、きわめて興味深いことだ。言葉たち――危険になり得る言葉たちのあいだをわたしは慎重に動き回る。次のように書く自由もある。「巡礼者、商人、牧師たちがチベットに向かってキャラヴァンを進めていたが、道は困難で、未開だった」。この文章によってわたしはある場面を誕生させた。写真のフラッシュのように。

即興であるこのジャズにはどんな意味があるのか？　脚が巻きついた腕、上昇する炎、何も見ずに飛ぶのを途中で止めた鷲《わし》の鋭い嘴《くちばし》に貪り喰《く》われた肉のような、受け身のわたし。わたしのもっとも深い秘密の欲望を自分とあなたとに表現し、言葉によって、乱痴気の混乱した美を実現する。鬱蒼《うっそう》とした密林を成す言葉たちを用いるという新しい経験の直中で、わたしは快感に身悶える。感覚と思考の自由を、より深く自分のものにするために戦う。そこに実益はないけれど。わたしは孤独である。わたしと、わたしの自由とは。素朴な人を傷つけてしまうかもしれない自由は巨大だが、わたしが作り上げるこの完全さ、知覚し得る境界線のない完全さによってあなたが傷つくことはないとわかっている。丸く、広いものを経験するわたしのこの能力――わたしは食虫植物と幻獣とで自分を囲う。すべては神秘に包まれた性の、荒削りで歪《ゆが》んだ光を浴びている。わたしは直観に従って先へ進むが、着想を求めてはいない。わたしは有機的《オーガニック》な存在だから。自分の動機を問うたりはしない。強烈な喜びの、苦痛に近い感覚に潜ってゆく――わたしの髪から生まれた枝葉で自分を飾り立てる。

何について書いているのか、自分でもわからない。わたしは自分にとっても不分明な存在。初めは、くっきりと明るい月の姿が見えただけ。それから、永遠に死んでゆく瞬間を、それが死ぬ前に自分のために捉えた。あなたに伝達しているのは、着想ではなく、自然のなかに潜んでいるのをわたしが見抜いたものが直感にもたらす快楽。そしてこれは言葉たちの祝祭。声というよりしぐさである記号を使ってわたしは書く。物々の裡なる本性と関わることを通じて、こういったものを描くのにわたしは熟達した。でもいま、ふたたび自分を成すために絵画をやめる時が来て、これらの文章において自分を作り直している。わたしには声がある。デッサンの線に自分を投影するのと同様、これもまた無計画の生の練習になる。世界にははっきりと見える秩序はなく、わたしにあるのは呼吸の秩序だけ。わたしは、自分が生起するままにしておく。

わたしは夜の巨大な夢たちのなかにいる。というのも、今の瞬間は夜に属するから。時の移りゆきをわたしは歌う。わたしは依然としてメディア人とペルシア人たちの女王であり、未来への跳ね橋として伸びてゆくわたしの緩やかな進化でもある。その未来のミルクのような靄をわたしはすでに呼吸している。わたしは生の神秘をオーラとして纏う。自分を棄《す》ててみずからを超越し、世界になる。世界の声をたどり、不意に唯一の声の主になっている。

世界。ぐちゃぐちゃに絡まり合った電線。冥漠たる輝き。それが、世界を前にしたわたし。

わたしの危険な均衡、魂の死の危険。今日の夜が、無気力な、錆びついた粘つくまなざしでわたしを見る。人生そのものより長いこの夜に、剝《む》き出しで血と涎《よだれ》にまみれた生をわたしは求める。次のような言葉を求める。栄光、栄光は果汁たっぷりの悲しみのない果実。長続きを求める。わたしの、自分をめぐる野生の直観。でもわたしの原理はつねに隠れている。わたしは不明瞭な存在。自分について説明しようとすると、瑞々しい内密さが失われる。

宇宙の無限は何色だろう？　空気の色なのだろう。

わたしたち――死という事件を前にして。

ただわたしの語ることは軽く聞いてほしい。意味の欠如から意味が生まれる。説明はつかないが、わたしから気高く軽やかな命が生まれるように。言葉たちの鬱蒼とした森は、わたしが感じることと経験することを濃厚に含んでいて、わたしの全存在を、わたしの外部にある何かへと変容させる。自然は包み込む。わたしの全身を絡め取る自然は、性的に活発に生きている。それだけのこと。生きている。わたしもまた、獰猛《どうもう》に生きている――鹿を貪ったあとの虎のように自分の鼻先を舐《な》める。

わたしはあなたに向けてその時その場で書いている。現在へのみ、自分を繰り広げる。わたしが話しているのは今日――昨日でも明日でもなく――、まさにこのすぐに腐敗してしまう瞬間に。枠にはまったささやかなわたしの自由が、わたしを世界の自由へと繋げる――だが窓とは、四角い枠にはめられた空気でなければ何だろう？　わたしは不快を感じながら生きている。わたしは行く――死はそう言う。わたしを連れてゆくとも言わずに。そしてわたしは、死とともに行かなければならないので、喘ぐように息を荒らげつつ身悶える。わたしは死である。正にわたしのこの存在のなかでこそ死が生起する――どう説明すればいいだろう？　それは官能的な死。茎を緑色に光らせる高い草をかき分けて、わたしは死者として歩いてゆく。わたしは黄金を狩る者ディアーナだが、見出すのは骨だけ。さまざまな感情の下層に依ってわたしは生きている。かろうじて生きている。

でもこれら狂乱の盛夏の日々は、諦念の必要性をわたしに吹き込む。わたしは意味を持つことを諦める。すると甘く苦しい疲労感に囚われる。いくつもの円形が空中で交わる。夏の暑さ。魔法がかかった夏の風に立ち向かう自分のガレー船に乗ってわたしは航海する。潰れた葉々に、幼年時代を過ごした故郷を思い出す。緑色の手、黄金の胸——サタンの徴《しるし》を、わたしはそんなふうに描く。わたしたちの錬金術を恐れる人びとは、魔女や魔術師を裸にして隠された徴を探してはほとんどいつも発見するに至った。その徴は見ることでのみ同定されるもの。中世の冥闇《めいあん》のなかでさえ、描出することも発語することもできないものだったから——中世よ、あなたはわたしの暗い下層であり、徴を持つ者たちは炎の強い光を浴びて、肥沃さをもたらす男根の象徴である枝葉にまたがって輪になって踊る。白ミサにおいても血は用いられ、飲まれる。

聞いてほしい。わたしはあなたが存在するのを妨げない。だからあなたもわたしが存在するのを妨げないでほしい。

でも「eternamente《エテルナメンチ》（永遠に）」というのはひどく耳障りな単語だ。花崗岩《かこうがん》のように硬いrを含んでいる。永遠。存在するすべてのものは、始まったこともないのに。わたしの、限りある小さな頭は、始まりも終わりもないものについて考えると破裂する――永遠というのはそういうものだから。幸い、この感覚はすぐに消える。それが留まるのは耐えがたいし、長く続けば錯乱してしまうだろう。だが頭はまた、反対のものを想像しても破裂する。何か、すでに始まったものを――どこで始まるというのだろう？　そして、終わるもの――でも終わりのあとに何が来る？　おわかりのように、生を深掘りし、所有することがわたしにはできない。生は空気のようなもの、わたしの軽い吐息。自分が何を求めているのかはよくわかっている。未完のものだ。深い、有機的な無秩序で、かつ下に潜む秩序を予感させるもの。潜在性の大きな力。これらの呟《つぶや》かれたようなわたしの文は、書かれつつ組み立てられ、新しくまだ青いまま爆《は》ぜる。それらは今の瞬間である。構築の欠如という経験をわたしは求めている。わたしのこの文章すべてを、最初から最後まで、導きのかぼそい糸が貫いている——どの？　情熱の糸？　淫らさの糸？　シラブルの連なりを温める息。生はこれではなく、隠れがちなものだとわたしは確信するに至るが、生がわたしから逃げ切ることはない。

あなたに贈るこの文章は、近くから見るべきものではない。高みを飛ぶ航空機から見られると、本来は不可視の秘密の完全さを示す。そのとき島々の戯れが遠見され、運河や海が見える。わたしを理解してほしい。あなたに書いているのは、言語の痙攣であるオノマトペ。あなたに伝えているのは物語ではなく、ただの、音に依って生きる言葉たち。わたしはあなたにこう言う。

「淫らな幹」

そしてわたしはその幹に身を浸す。地中を貫くごつごつした根に繫がっている幹。あなたに書いていることすべては、緊迫している。わたしが使うのは、ばらばらに離れている言葉たちで、そのそれぞれは自由なダーツの矢である。「未開人、野蛮人、頽廃《たいはい》貴族、不成者《ならずもの》」。これらの言葉から、あなたは意味を受け取るだろうか？　わたしは受け取る。

だが、この言語のもっとも重要な単語は、ひと文字でできている。「é《である》」。そう。わたしはその核心にいる。

いまもなお。

生き生きとした、柔らかな中心に。

まだ。

きらりと瞬く柔軟なもの。かつて見たつややかな黒豹《くろひょう》の歩みのように。柔らかで緩やかな、危うい歩み。檻《おり》に入れられたものは違う――わたしはそれを望まないから。予見できないものと言えば――次に書く文をわたしは予見できない。自分がいるこの核心で、「である」の核心で、問いかけたりはしない。存在するときには――存在するから。自己同一性によってのみ、わたしは限られている。わたしは、柔軟で、他の身体とは分離している実体。

実は、自分が書いているもつれの糸がまだよく見えていない。見えることは決してないのだと思う――だが、柔らかい豹の両目が輝く暗がりを認めている。暗闇はわたしにとっては温床。妖精めいた暗闇。わたしはあなたに語り続け、切断の危険を冒す。わたしは自分の知識では到達できない、地下の存在。

あなたに向けて書くのは、自分を理解していないから。

でもわたしは先へと進む。柔軟に。わたしは存在するためにここで生き長らえているが、この森は大きな謎である。いまはそれでも構わない。つまり、わたしはそこに入ってゆく。謎のなかに。自身が謎めいているわたしが泳いで動き回るこの核心に、原生動物がいる。かつて幼くもこう言ったことがあった。わたしには何でもできる、と。それはいつか自分を手放し、あらゆる法則を放棄することができるという予知だった。柔軟に。深い喜び。秘密の絶頂。どうやって思考を生み出せばいいかはわかっている。新しいものの蠢《うごめ》きを感じている。でも自分が書いているのが、ある声調《トーン》でしかないことはよくわかっている。

この核心においてわたしは、自分が人類に属していないという奇妙な感覚を抱いている。

言うべきことはたくさんあるのに、どう言っていいのかわからない。言葉が欠如している。でも新しい言葉を創り出すことをわたしは拒む。既存の言葉で、言い得ることと禁じられていることとを言わなければならない。禁じられていることを、わたしは推し量る。もし力があれば。思考の背後に、言葉は存在しない。それはみずからとして存在するだけ。わたしの絵画は言葉を持たず、思考の背後に留まる。みずからとして存在するという領域で、わたしは水晶のような純粋な絶頂である。みずからとして存在する。わたしはわたしとして存在する。あなたはあなたとして存在する。

そしてわたしは、自分の亡霊たちに取り憑かれている。神話めいて幻想的な巨大なものに。生は超自然のもの。わたしはぴんと張った綱《つな》の上を、開いた傘を手にして歩む。わたしの巨大な夢の果てまで歩んでゆく。内臓の鼓動の怒りを見る。ねじ曲がった内臓に導かれる。たったいま書いたことはわたしの気に入らない――でもわたしに生起したものなのだから、すべての断片を受け入れなければならない。それに自分に生起するわたしを、わたしは尊重する。わたしの本質はみずからについての意識を持たず、そのためにわたしに盲従する。

わたしは反旋律的になっている。耳障りにぶつかる難しい和音にわたしは喜びを感じる。わたしはどこへ行くのか？　答えはこう。わたしは行く。

わたしが死ぬときには、わたしは生まれたことも生きたこともなくなる。死は、渚《なぎさ》の泡の痕跡を消去する。

いまはひとつの瞬間。

もう別の瞬間になっている。

さらに別の。わたしは努める。今の未来を現在にまで持ってこようと。闇雲に湧き起こる深い直観のなかでわたしは動く。それで、水源の、湖の、滝の、あらゆる溢《あふ》れる水の近くに自分がいると感じる。そして自由である。

わたしに、わたしの沈黙に耳を傾けてほしい。わたしが話すことは、決してわたしが話すことではなく、別のこと。「溢れる水」と言うときわたしは、世界のさまざまな水に浸る体が持つ力について語っている。本当のところ語っているその別のことを捉えてほしい。わたし自身にはできないから。わたしの沈黙に潜む活力を読み取ってほしい。ああ、わたしは神とその沈黙とを怖れている。

わたしはわたしとしてある。

だが、非個性の謎もある。つまり「it《それ》」である。わたしは自分の裡に非個性を有しているが、それは個性によって腐敗したり堕落したりしない。わたしはときに個性にずぶずぶと浸ることがあるけれど。でも陽差しで身を乾かして、発芽もする乾いた種の非個性になる。わたしの個性は腐植土で、腐敗を糧に生じる。わたしの「それ」は石ころのように硬い。

わたしの内部の超越性は生きた柔らかい「それ」で、牡蠣《かき》が思考するように思考する。牡蠣は、張り付いている場所から剝がされたとき、苦しみを感じるだろうか？　目を持たない生のなか、穏やかなままでいる。わたしは、生きた牡蠣にレモンの搾り汁を垂らし、牡蠣が身を捩るのを見て恐怖と魅惑とを覚えたものだった。そして「それ」を生きたまま食べた。生きた「それ」とは神である。

神が世界だと知っているので、わたしはここで少し休む。神は存在するもの。わたしが祈るのは存在するもののため？　存在するものに近づくのは危険ではない。深い祈りは、無についての省察である。自分自身との無味な、電気ショックのような接触。非個性の自身との。

わたしの深みにレモン汁を垂らされて全身を捩らせられるのは好きではない。生の事実とは、牡蠣にかけられるレモン汁だろうか？　牡蠣は眠るだろうか？　最初の要素は何か？　ミルクをほとばしらせる秘密の裡なる動きを起こすためには、二者が必要だった。

牝猫《めすねこ》は出産後、自分の胎盤を食べ、四日間は他に何も口にしないらしい。その後ようやくミルクを飲むと。ただ授乳のことだけを語らせてほしい。湧き上がる母乳については語られる。どのように？　説明しても無駄だろう。それにはまた別の説明が必要になり、さらに別の説明が、またさらに別の説明が必要になり、それはふたたび謎に繋がるから。

わたしは呼吸している。上へ下へ。上へ下へ。裸の牡蠣はどんなふうに呼吸するのだろう？　呼吸しても見えない。見えないものは存在しない？　わたしの心をもっとも強く動かすのは、見えないものも存在するという事実。わたしは足下に、涎たっぷりの未知の世界全体を持っているから。どこかに真理がある。でも考えても仕方ない。わたしがその真理を発見することはないだろうが、それでもその真理に依って生きている。

あなたに向けて書いているものは、こっそりやってくるのではなく、徐々に頂点へと上ったのちにこっそりと死んでしまう。いや。あなたに書いているものは、燃える目の炎から成っている。

きょうは満月の夜。窓から差す月影がわたしのベッドに広がり、すべてを青みがかった乳白色に染める。月明かりは左利き。入ってくる者の左側に留まる。わたしは目を閉じて逃げる。満月は軽い不眠症を抱えているから。愛の営みのあとのように脱力して眠気に包まれている。わたしは夢を見るために寝ようと決心していた。夢に出てくる新しいものを懐かしく思っていた。

だからわたしが見た夢をここに再現しようと思う。わたしは映画を観ていた。

俳優の真似をする男がいた。その男がすることをまた、他の人たちが真似してゆく。どんなしぐさも。そしてゼルビーノという飲料の宣伝。男はゼルビーノのボトルを摑《つか》んで口に持ってゆく。するとみんながゼルビーノのボトルを摑んで口に持ってゆく。さなかに男は映画俳優を真似て言う。これはゼルビーノの宣伝映画で、本当のところゼルビーノはいまいちだ、と。でもそれで終わりではなかった。男は飲料をふたたび手に取って飲む。みんなもそうした。そう運命づけられていた。ゼルビーノは、その男が抗えない本能だった。女たちは、このときには、キャビンアテンダントに見えた。キャビンアテンダントたちは乾燥肌だった——パウダーがミルク状になるように充分に水を含ませなければならない。それは自動人間たちの映画で、彼らは自分たちが自動人間であること、逃げる術《すべ》はないことを、鋭く重く知っていた。神は自動ではない。神にとっての瞬間々々は自動である。神は「それ」である。

でも、わたしが子どものときに抱いて、答えを得られなかった疑問がいくつかあって、それらは咽《むせ》ぶように反響している。世界はひとりでにできたの？　でもどこで？　どんな場所で？　もし神様のエネルギーでできたのなら――どんなふうに始まったの？　わたしが存在しながら自分を作り出しているいまみたいな感じだった？　答えはなく、わたしは困惑する。

でも9と7と8はわたしの秘密の数字。わたしはどんな宗派にも属さない新参の信者。神秘を渇望している。数字の核心を探求する情熱を抱いて。さまざまな数字のなかで、堅固で逃れ得ないその真髄を推し量る。闇に沈み込んでゆく放恣《ほうし》な巨大さを夢見る。揺れ動く豊饒《ほうじょう》、そこではわたしたちは、花開いたばかりのつややかな食虫植物である。激しい愛――緩やかな脱力。

わたしがあなたに書いているのは、思考の背後にあるものだろうか？　理屈ではない。理屈をこねるのを中断できる人は――それはとてつもなく難しいが――

わたしについてきてほしい。でも少なくともわたしは映画俳優の真似はしていないし、誰の口元に持っていかれる必要もないし、キャビンアテンダントになる必要もない。

あなたに、ある告白をしようと思う。わたしは少し怯《おび》えている。この自由にどこに連れてゆかれるのかわからないのだ。それは、恣意でも放恣でもない。でもわたしは解き放たれている。

ときどきあなたに、軽いお話を聞かせてあげようと思う——わたしのこの弦楽四重奏を終わらせるための、旋律が美しく情感溢れるアリアのような。わたしの豊饒な森に空き地を切り拓く、形象を描き出すような一節を。

わたしは自由なのだろうか？　どうでもいいようなものになお捕らえられている。あるいは自分をそれに繋ぎ留めているのだろうか？　こういうことでもある。すべてと結合しているからといって、わたしは完全に自由であるわけではない。

というか、ひとりの人間はすべてである。自分を担ぐのが重いわけではない。単純に、自分を担ぐわけではないから。人はみずからとして存在し、同時にすべてである。

どうやらわたしは初めて物々のことを理解しようとしているらしい。自分を超越しないために、わたしは物々に到達しようとしていないだけのようだ。自分を若干怖れている。信頼できる人間ではないし、自分の偽《にせ》の力に猜疑《さいぎ》を抱いてもいる。

これは、能《あた》わざる者の言葉。

わたしには何も操れない。自分の言葉たちさえも。でも悲しくはない。陽気な謙虚さを感じる。わたしは傍らに生きている。入ってくる者の左側にいる。そしてわたしのなかで世界が身悶える。

このあなたへの言葉は、雑然としているだろうか？　そうでないことを望む。

わたしは雑然とした人間ではないから。むしろわたしは万華鏡のよう。魅惑的に煌めく自分の変貌を、わたしは万華鏡のようにここに書き留める。

自分を深掘りするため、少し休もうと思う。またあとで戻ってくる。

戻ってきた。わたしはこの間もずっと存在していた。サンパウロの知らない人から手紙を受け取った。自殺前の最後の手紙。サンパウロに電話をかけた。誰も出ず、電話は鳴り続けた。静かなアパートメントに響くように。死んだのか、死んでいないのか。今朝ふたたび電話をかけた。やはり出なかった。死んだのだ。わたしは決して忘れはしない。

もう怯えてはいない。話してもいい？　わたしはこんなふうに生まれた。母の子宮から、つねに永遠のものだった生命が取り出された。ちょっと待って——いい？　絵を描くとき、文章を書くとき、わたしは匿名の存在。わたしの底深い匿名性には、誰も触れたことはない。

あなたに大切なことを言わなければならない。わたしはふざけているのではない。「それ」は純粋な要素。時の瞬間になる物質。無を物にしようとしているのではない。わたしは「それ」を本当に出産しようとしている。これから生まれようとしているように、わたしは目眩《めまい》を感じる。

生まれること。猫の出産を見たことがある。水の袋に全身を包まれて丸くなった猫が出てくる。母猫が何度も何度も舐めると、水の袋が破けて子猫はほぼ自由になり、臍《へそ》の緒だけで繋がれた状態になる。すると創造主たる母猫はその紐帯《ちゅうたい》を噛み切り、新しい出来事が世界に現れる。このプロセスは「それ」である。ふざけているのではない。わたしは真剣だ。だって自由だから。わたしはごく単純な人間。

わたしはあなたに自由を与えている。まずは水の袋を破いてあげる。それから臍の緒を断ち切る。そしてあなたは自力で生きる。

わたしは生まれるときに自由になる。それがわたしの悲劇の根底である。

いや、簡単ではない。でも「そうである」。四日間、何も食べないでいられるよう、わたしは自分の胎盤を食べた。あなたにあげる母乳を作るため。母乳は「それ」である。そして誰もわたしではない。誰もあなたではない。それが孤独というもの。

わたしは次の文を待っている。数秒あればいい。数秒と言えば、時が今日であり今であり現在であることに、あなたが耐えられるかどうか訊きたい。わたしは自分の胎盤を食べたから耐えられる。

午前三時半に目覚めた。すぐにベッドから弾むように飛び出した。あなたに向けて書き始める。つまり、存在し始める。いまは午前五時半。何をしたいとも感じない。わたしはいま純粋である。あなたにこの孤独を味わってほしくはない。でもわたし自身は、創造主の暗がりのなかにいる。明晰《めいせき》な闇、輝ける愚かしさ。

あなたに言えないこともたくさんある。自分の伝記《バイオグラフィー》を書くつもりはない。わたしは「生命《バイオ》」になりたい。

言葉たちが走るままに、わたしは書いている。

鏡が現れる前、人間は、湖の水面に映る自分の顔しか知らなかった。時が経ち、ひとりひとりが自分の顔に責任を持つようになった。いまわたしは自分の顔を見ようと思う。裸の顔。それに似たものは世界に実在しないと考えるとき、うれしい驚きを覚える。今後現れることも決してない。「決して」は、不可能なもののこと。わたしは「決して」が好きだ。「ずっと」も好きだ。「決して」と「ずっと」のあいだに何があって、ふたつを間接にかつ緊密に結び付けているのだろうか？

すべての奥底にハレルヤがある。

この瞬間は存在する。わたしを読むあなたも存在する。

自分が死ぬとは信じ難い。わたしは冷たい生気のなかで泡立っているから。ひとつひとつの瞬間が存在するので、わたしの人生は長たらしいものになる。自分がこれから生まれるはずなのにまだ果たせていない気がする。

わたしは世界のなかで鼓動する心臓。

わたしを読んでいるあなたに、わたしが生まれるのを助けてほしい。

待って。暗くなってきた。前よりも。

またさらに暗く。

この瞬間は完全な暗がり。

まだ続いている。

待って。何かが見えてきそう。発光する、ある形。臍のある、乳を含み持つ腹？　待って――この怖い暗がりから出るから。暗がりと恍惚《こうこつ》から。わたしは闇の奥。

問題は、わたしの寝室にある窓のカーテンに欠陥があること。なめらかに動かなくて、閉まりもしない。だから満月の光がそのまま入ってきて、寝室を沈黙の燐光《りんこう》で覆う。恐ろしい。

暗闇がいま散失してゆく。

わたしは生まれた。

休止。

奇蹟のような事件。わたしが生まれるという。

目を閉じている。わたしは純粋な無意識である。臍の緒はすでに断ち切られている。わたしは宇宙に解き放たれている。考えはしないけれど「それ」を感じる。目を閉じて、胸を手探りする。濃厚な乳がほしい。どうほしがればいいか、誰も教えてくれなかった。でもわたしはいまほしがっている。目を開けて横たわり、天井を見る。内面は昏がり。鼓動するわたしが形作られつつある。ひまわりがある。背の高い小麦がある。わたしはそこに存在している。

時の空虚な雷鳴が聞こえる。世界が何の音もなく形作られてゆく。「わたしは存在する」が世界である。時のない世界。わたしの意識はいま軽く、空気である。空気には場所も時代もない。空気は、すべてがいつか存在する非場所である。わたしが書いているのは空気の音楽。世界の形成。やがて存在するものが、少しずつ近づいてくる。やがて存在するものは、すでに存在している。未来は前方に、後方に、さまざまな方向にある。未来は、つねに存在していたもの、つねに存在することになるものである。〈時〉が廃絶しても？　わたしがあなたに書いているのは、読むものではない――存在するものである。天使存在のトランペットが、時なき時のなかで響く。空中に、最初の花が生まれる。大地が形作られ、地球となる。残りは空気、残りは永遠に形を変え続ける緩やかな炎。時が存在しないのだから、「永遠」という言葉は存在しない？　でも雷鳴は存在する。わたしの存在が存在し始める。そして時も始まる？

生きるために規定は必要ないということが突然思い浮かんだ。従うべき規格というものは存在しないし、そもそも規格も存在しない。わたしはただ生まれるだけ。

「彼」や「彼女」について語る準備はまだできていない。「あれ」を示そうと思う。「あれ」とは普遍の法則のこと。誕生と死。誕生。死。誕生と――世界の呼吸のように。

わたしは純粋な「それ」で、一定のリズムで鼓動する。でもまもなく彼や彼女について語れるようになると感じている。物語を語ると約束することはできない。でも「それ」はある。耐えられる人はいるだろうか？「それ」は柔らかく、牡蠣であり、胎盤である。わたしはふざけているわけではない、同義語ではないから――わたしは固有名である。あなたに書いていることすべてが、一本の鉄線に貫かれている。未来がある。それは今日に他ならない。

　わたしの広大な夜は、ある潜伏の初期をたどってゆく。手は大地に置かれ、鼓動する心臓に熱心に耳を傾ける。女の胸を持つ、白い大きななめくじが見える。人間存在だろうか？　わたしはそれを異端審問の火で焼く。わたしは遥かな過去の、闇の神秘を宿している。生を象徴する描写しがたい徴を帯びて、拷問から抜け出す。精霊、小人、地の精、小鬼、妖精に取り囲まれている。魔術の儀式に必要な血を取るため、動物を犠牲にする。怒りに駆られて、それ自体の黒みに染まった魂を供物《くもつ》にする。ミサに、わたしは怯える――それを司《つかさど》るはずのわたしが。昏い精神が材料を支配する。獣は歯を剝き出しにし、空中、遠くで山車《だし》を引く馬たちがギャロップする。

　わたしの夜のなか、世界の秘密の意味を崇拝する。口と舌。自由な力を持つ、放たれた馬。愛のこもったフェティシズムのために、その蹄をわたしは取っておく。わたしの深い夜のなか、狂った風が吹いて細糸のような叫びをもたらす。わたしは、時宜《じぎ》を得ない官能の苦悶を感じている。明け方、体を果実で満たして目覚める。わたしの生の果実を摘みに来るのは誰？　あなたとわたし自身以外に？　どうして物事は、起こる一瞬前に、すでに起こったように見えるのだろう？　それは同時性の問題だ。だからわたしはあなたにたくさんのことを問いかける。わたしはひとつの問いだから。

そしてわたしの夜のなか、わたしを操る悪を感じる。いわゆる美しい風景にわたしは疲れしか感じない。好きなのは、捩れた木々と素朴な光が漂う岩山とがある乾燥しきった土地の風景。その奥深くに美が潜んでいる。あなたも芸術が好きでないことは知っている。わたしは生まれたときから堅固で、英雄的で、孤独で、直立していた。そして、絵にならない美しくもない風景のなかで、自分の対位法に出会った。醜さがわたしの戦旗。わたしは醜さを同類の立場で愛する。そして死に挑む。わたしは――わたしは自分の死。それを越えることは誰にもできない。わたしの裡にある野蛮が、わたしの外にある残酷な野蛮を探す。炎の光を浴びた人びとの顔が、明暗法で描かれたように揺れる。わたしは、堅固な快楽で燃える一本の木。甘さだけがわたしをものにする。世界との共生という甘さ。苦しみながら担いでいる自分の十字架をわたしは愛している。それはわたしが人生でできる最小限のことだから。夜の犠牲を憐《あわ》れみつつ受け入れる。

　奇妙なものにわたしは捕らえられる。それでわたしは黒い雨傘を開いて、星々が瞬くダンスパーティで怯える。裡なる、怒れる神経がわたしの身を捩らせる。夜更けにわたしが困憊《こんぱい》するまで。巨大な夜更けがわたしを貪る。暴風がわたしを呼ぶ。わたしはそちらに行って粉々になる。その生きながらのゲームから逃げれば、わたしは、種族の自死とも言える行為で自分の命を失うことになる。炎をもって、わたしは人生というゲームを護る。わたしと世界の存在を理性で保てなくなるとき――そのとき、わたしを解き放ち、隠れた真理を追い求めに行く。わたしは真理を認識できるだろうか。それがみずからの身を明かすなら。

わたしは自分を作っている。核に至るまで、わたしは自分を作っている。

世界にいるわたしについてあなたに語りたいのは、わたしを導く力、わたしに世界をもたらす力のこと。明確な構造の、命取りの官能のこと。他の曲線形に有機的に結び付いている曲線たちのこと。わたしの描き方、曲線は力強く、夏を吹き抜ける自由はみずからの裡に運命を抱えている。生けるもの固有のエロティシズムは、空中に、海に、植物に、わたしたちのなかに散在している。わたしの声の生気に散在していて、わたしはその自分の声であなたに向けて書いている。そして太い幹、ねじ曲がった根の雄々しさ。生きた大地はその根に豊かな養分を与える。夜、わたしはエネルギーを呼吸する。そのすべては、空想のなかのこと。空想。世界は一瞬だけ、わたしの心が求めるとおりのものになる。わたしは死のへりに差しかかって新たに創作しようとしている。自分をうまく表現できず、正確な言葉たちは逃げてゆく。裡なるわたしの形は見事に浄化されている。いっぽう、わたしと世界との混合体には、自由な夢々と巨大な現実の剝き出しの残酷さがある。わたしは禁止を知らない。わたし自身の力がわたしを自由にする。充足したその生がわたしから横溢《おういつ》する。わたしは無計画に直観で、生きるという仕事を遂行する。間接のもの、形なきもの、予見し得ないものを用いて。

明け方であるいま、わたしは蒼白で息切れしている。手が届くものを前にして口はからからに乾いている。自然とわたしとは声を合わせて歌いながら、死につつある。自然は何を歌う？　永遠にわたしではなくなった最後の言葉を。幾世紀もの時がわたしに降りかかってくる。でもいまのところ、体と魂の残酷さが、潰し合う重い言葉たちの豊かな火傷《やけど》のなかに見えている――そして野生の、原初の、弱り果てた何かが、わたしの湿原から立ち上がる。神に屈服しそうになっている呪われた植物が。呪われていればいるほど神に近づく。わたしは自分のなかに自分を沈めてゆき、血塗《ちまみ》れの生を望む自分に出会った。そして隠れた感覚が、光の強さを感じる。それは宿命の叡智《えいち》の、秘密の光。地球の礎石。それもまた生の前兆であって、生そのものではない。わたしは俗人を遠ざけてその石を悪魔祓《ばら》いする。わたしの世界には行為の自由はほとんどない。わたしには、運命に定められたしぐさをする自由しかない。わたしのアナーキーは、わたしが密かに天文学、数学、力学に携わるところの法則に、地下でこっそりと従っている。霧立ち込める有毒な湿原から出てきた、不協和な群れを成す虫たちの典礼。昆虫、蛙、シラミ、蚊、ノミ、トコジラミ――幼生たち、病んで腐敗した温床から生まれたすべてのものたち。そしてわたしの飢えは、腐って崩れつつあるそれら数々の存在を糧とする。わたしの儀式は、諸々の力を浄化する。でも森には悪意もある。わたしの全身を満たす一滴の血を、わたしは飲み込む。大気を騒音で、ざわめきで満たすシンバル、トランペット、タンボリン〔ブラジルの手持ちの打楽器〕をわたしは聞く。その音は、円形の太陽とその驚異の沈黙を窒息させる。太陽の黄金の糸で織られたマントがほしい。太陽は、沈黙の魔術的な緊張。神秘への旅のさなか、記憶が及ばないほど遠い時代を悼《いた》む食虫植物に耳を傾ける。そしてわたしは、病んだ風の下、猥褻《わいせつ》な悪夢を見る。密やかな声たちが、わたしを魅惑し、誘惑し、熱狂させる。ほぼ判読不能な楔形《くさびがた》の碑文が、闇の力を糧とする方法についての公式をどう編み出すかを語っている。裸の、卑しい雌たちについて語っている。そして日蝕《にっしょく》が秘密の恐怖を引き起こし、同時に心の栄光を告げる。わたしは髪にブロンズの王冠を載せる。

　思考の背後には——さらに背後には——わたしが幼い頃に見ていた天井がある。わたしは突然泣き出したものだった。早くも、愛のことで。あるいは泣いてはいなかった。見張っていた。天井を細部に至るまで凝視していた。瞬間は、生温《なまぬる》い内臓を持つ広大な卵である。

いま、ふたたび明け方。

でもわたしは夜明けに考える、わたしたちは翌日とともにある存在だと。神の助けがほしい。わたしは迷子になっている。怖いくらい、あなたを必要としている。わたしたちはふたりでいなければならない。小麦が高く育つために。わたしは深刻になりすぎているので、休もうと思う。

わたしは数秒前に生まれ、目は曇っている。

水晶たちがちりんちりんと鳴り、煌めいている。小麦は熟している。パンは分かち合われる。でも優しさは込められている？　それは知っておくべきこと。わたしは、ダイアモンドが思考しないのと同じく、思考しない。澄んだ全身でわたしは輝く。空腹も渇きも感じない。わたしはただ存在する。開いたふたつの目がある。無を向いている。天井を向いている。

アダージョにしようと思う。ゆっくり、落ち着いて読んでほしい。清々しいラルゴ。

生まれるというのは、こういうこと。

ひまわりたちは花冠をゆっくりと太陽に向ける。小麦は熟している。パンは優しさをもって食される。わたしの衝動は、根や木々のそれと繋がっている。

生誕。貧者たちにはサンスクリット語の祈りがある。彼らは乞わない。気が弱いのだ。生誕。アフリカの人びとはつやなしの黒い肌を持っている。多くはサバの女王とソロモン王の子どもたちである。アフリカの人びとはわたしを、生まれたばかりのわたしを眠りに就かせるため、原初の長い物語歌を響かせる。彼らがいなくなるやいなやバナナをひと房取る姑《しゅうとめ》のことを、単調に歌う。

彼らにも愛の歌があって、やはり鬱々とわたしと同じように嘆く。応えてもらえないのに、どうしてわたしはあなたを愛しているのだろう？　言伝《ことづて》を頼んでも無駄。挨拶するとあなたは顔を隠す。気づいてさえもらえないのに、どうして愛しているのだろう？　川に水浴びに行く象たちのための子守唄もある。わたしはアフリカ人。悲しく緩やかな野生の嘆きがひとすじ、あなたに向けて歌うわたしの声の裡にある。白人は黒人を鞭《むち》打っていた。でも白鳥が、肌を撥水《はっすい》にする油分を分泌するように――黒人の痛みは裡へと入ってはゆかない。痛みは悦《よろこ》びに変わり得る――ひと触れで事足りる。黒い白鳥？

　でも、飢餓で死ぬ人びとがいて、わたしには生まれる以外のことはできない。わたしの物語歌はこう。彼らを思ってわたしに何ができる？　わたしの答えは、アダージョでフレスコ画を描くこと。沈黙の裡に他人の空腹で苦しむこともできるだろうが、あるコントラルトの声がわたしを歌わせる――つやなしの黒い歌をわたしは歌う。孤独な人間であるわたしからのメッセージとして。人は空腹のため他の人を食する。でもわたしは自分の胎盤で栄養を摂《と》った。だから爪を嚙んだりはしない。これは穏やかなアダージョだから。

冷たい水を飲むために休んだ。今の瞬間、切子面のある厚いクリスタル製のグラスは、数千の瞬間で煌めいている。物々は止まった時なのだろうか？

満月が続いている。時計たちは止まり、割れ鐘の音が壁を這う。わたしは腕時計をしたまま埋葬されたい。地中でも時を刻んでもらいたい。

わたしはいまこんなに広大。凝縮してもいる。わたしの歌は深い。緩慢。でも育っている。さらに大きく。育っていけば、満月と沈黙に、幻惑の月面になるだろう。時が止まるのを見張っている。あなたに向けて書いているのは、真剣なこと。いつか堅固な、不滅の物体になる。来《きた》るのは予見できないもの。無意味に誠実であるために、いまは午前六時十五分であると言わなければならない。

リスク――わたしは新しい陸地を発見するという危険を冒している。前人未到の場所で。その前に、香り高い植生を通り抜けなければならない。夜香花《ダーマ・ダ・ノイチ》をもらって、テラスに置いてある。自分の香水を作ってみようと思う。専用のアルコール、エッセンスの滲出液《しんしゅつ》、純粋に動物性の定着剤。重厚な麝香《じゃこう》。それがアダージョの最後の、重い和音。わたしの数字は9。7。8。すべて、思考の背後にある。そのすべてが存在するなら、わたしは存在する。でもどうしてこう居心地が悪いのだろう？　わたしが、自分だけに与えられた生き方をせず、またそれを知りもしないから。不快。気分がよくない。何が問題なのかわからない。でも何かが間違っていて、居心地が悪い。いっぽうで、わたしは率直でフェアプレーをしている。わたしはゲームを始める。人生の出来事は語らないけれど。わたしは生まれつき秘密に満ちている。じゃあ何があるのか？　唯一知っているのは、欺瞞《ぎまん》を望まないということ。わたしは自分を拒む。自分を深掘りしたけれど、自分を信じてはいない。わたしの思考は、思いつきのものだから。

わたしはもう、「彼」や「彼女」への準備ができている。アダージョはついに終わりに至った。だからわたしは始める。嘘ではない。水晶のシャンデリアの垂飾りのような、わたしの煌めく真実。

でもそれは隠れている。わたしは強いから耐え忍ぶ。自分の胎盤を食べたのだから。

すべてがこれほどに脆《もろ》いとしても。自分が途方に暮れているのを感じる。輝かしい光線として照射するある秘密に依って、わたしは生きている。偽の確信という重いマントで覆わなければ、目が眩《くら》んでしまう光線。神の助けがほしい。導きがなく、ふたたび暗くなっているから。

ふたたび生まれるためには、ふたたび死ななければならないだろうか？　それでもいい。

自分の未知なるものへと戻ろう。生まれるときには、「彼」や「彼女」について語るつもりだ。いまのところ、わたしを支えるのは、「それ」のひとつである

「あれ」。自分自身からひとつの存在を創り出すというのは、きわめて重大なこと。わたしは自分を創りつつある。わたしたちがやっているのは、自分自身を探して完全な暗闇のなかを歩むということ。苦しい。でもそれは産みの苦しみ。存在するものが生まれる。みずからとして存在する。乾いた石のように硬い。でも核心の部分は、柔らかく生き生きとした、腐りやすい危うい「それ」。元素から成る生。

神には名前がないので、わたしが「シンプタール」という名前をつけてあげようと思う。どんな言語にもない言葉。自分には「アンプターラ」という名前をつける。わたしの知るかぎりそんな名前は実在しない。サンスクリット語より以前の「それ」の言語には、もしかするとあったかもしれない。時計のチクタクという音が聞こえる。だから急ぐ。チクタクは「それ」である。

わたしは次の一瞬には死なないと思う。医者にじっくり診察してもらって健康状態は完璧だと言われたから。わかる？　一瞬は過ぎ、わたしは死ななかった。わたしは地中に直に埋葬されたいけれど棺《ひつぎ》には入れてほしい。サン・ジョアン・バチスタ墓地のように壁に収納されるのはいやだ。土地が足りないので文書棚みたいに収納するそんな悪魔じみた壁を考え出したのだ。

いまは一瞬。あなたは感じる？　わたしは感じる。

空気は「それ」で、香りはない。わたしも好きだ。でもわたしは夜香花《ダーマ・ダ・ノイチ》が好き。月に身を委ねたような優しさのせいで麝香の香りがする。小さな、真紅のバラの花びらのジャムを食べたことがある。わたしたちを祝福すると同時に襲ってくる味。味を言葉でどう語ったらいいのだろう？　味は無二で、言葉は多数。音楽について言えば、演奏されたあとどこへ行ってしまうのか？　音楽が有する具体的なものは、楽器だけ。わたしの思考の遠い背後に、音楽が流れている。もっと後ろには、鼓動する心臓がある。そのように、もっとも深い思考は鼓動する心臓である。

わたしは生きたまま死にたい。最後の瞬間を享受しなければ死なないと誓う。わたしの裡には、いつ生まれ出るかわからない深い願いがある。健康なままで死にたいと強く思う。爆発するように。フランス語の éclater（爆発する）という言葉のほうがいい。J'éclate. いまのところあなたと対話している。のちには独話になる。そののちに沈黙。秩序が訪れるはず。

混沌《こんとん》がふたたび、電子音楽を始める前にチューニングする楽器のように、形を成しつつある。わたしは即興演奏をしていて、即興の美しさはフーガである。自分の裡に、未だ訪れていない願いの動悸を感じる。事実が単に滴り落ちてくること、わたしを濡らさないことをわたしは求める気がする。死の巨大な沈黙に対する準備はできている。眠ろう。

起きた。とどめの一撃。自分を守るのに疲れてしまったから。わたしは無垢。

保証なしに自分を引き渡すのだから、純真であるとさえ言える。わたしは〈秩序〉によって生まれた。わたしは完全に平静。〈秩序〉によって呼吸している。ライフスタイルというものは持っていない。わたしは非人称に到達したが、それはきわめて難しいことだ。まもなく、〈秩序〉がわたしに、最大を超えるよう命じるだろう。最大を超えることは、純粋な要素を生きるということ。耐えられずに吐く人もいる。でもわたしは血に慣れている。

わたしの奥深くに聞こえる音楽がどれほど美しいことか。それは空中で交差する幾何学的な線たちから成るもの。室内楽。室内楽に旋律はない。それは沈黙を表現する方法。わたしがあなたに向けて書いているこれも、室内文。

わたしが書こうとしているものは、もがく手段である。わたしは怖い。どうして地球上に恐竜がいたのか？　どのようにしてある種族が絶滅するのか？　眠りと不眠のあいだにいるかのように書いていることを、わたしは確認する。

それで不意に、わたしは長いあいだ理解できていなかったことに気づく。わたしのナイフの刃は鈍くなってきた？　もっともあり得そうなのは、難しいものを見ているから理解できないということ。わたしは密かに新たな現実に接触し始めている。その現実を捉える思考は未だ存在せず、それを指し示す言葉もまだまだ存在しない。それは思考の背後にある感覚なのだ。

そこで、わたしは自分の悪に支配されている。わたしは依然としてメディア人とペルシア人の残酷な女王であり、未来への跳ね橋として伸びてゆくわたしの緩やかな進化でもある。その未来のミルクのような靄をわたしはすでに呼吸している。わたしは生の神秘をオーラとして纏う。名前を棄てて、みずからを超越し、世界になる。唯一の声を持って、世界の声をたどってゆく。

わたしがあなたに向けて書いているものに始まりはない。それは続きである。わたしのものでありあなたのものでもあるこの歌の言葉たちから、文を超越する光暈《ハロー》が放たれている。あなたは感じる？　わたしが物々の光暈を描くことに成功したという事実から、わたしの経験は来ている。光暈は、物々より、言葉たちより重要だ。光暈は目眩を引き起こす。わたしは言葉を、無人の空虚へと打ち込む。影を落とす薄い一枚岩のような言葉。告知のトランペット。光暈は「それ」である。

わたしはふたたび、動物たちの「それ」を感じる必要がある。もう長いあいだ、動物の原始の生と触れ合っていない。わたしは動物たちについて学ばなければならない。「それ」を摑み取りたい。鷲や馬を描くためではなく、大きな鷲の広い翼を持った馬を描くために。

動物たちと触れ合うと、あるいはただ動物たちを見るだけでも、全身に逆毛《さかげ》が立つ。動物たちはわたしの空想を搔《か》き立てる。動物たちは、数えられることのない時間である。人間ではなく、わたしと同じ本能を持っているが自由で躾《しつ》けることはできないので、あの生きた被造物はわたしが少し怖いらしい。動物は決して、あるものを別のもので代用したりはしない。

動物たちは笑わない。犬はときどき笑うけれど。うれしそうに期待に満ちて尾を振るとき、息をつく口からだけでなく、輝いて悦ぶ目からも微笑みが伝わってくる。でも猫は決して笑わない。わたしの知り合いの、ある「彼」は、もう猫は見たくもないという。飼っていた猫が決まった周期で猛《たけ》り狂うので、うんざりしてしまったのだ。発情期には本能が強力になって、長い嘆き声を発したあと、屋根に上ったり床で自分を傷つけたりした。

ときどき、動物を見るとわたしに電流が走る。いま、自分の裡に先祖たちの叫びが聞こえる。わたしと動物のどちらがより被造物らしいか、わたしにはもうわからないようだ。わたしを完全に他の者と混同してしまう。どうやら、動物の前では認めざるを得ない抑圧された自分の本能に直面することをわたしは怖れているようだ。

わたしはある「彼女」と知り合ったが、その人は動物と会話することで動物を人間化して、自分の性格を動物に当てはめていた。わたしは動物を人間化したりしない。それは侮辱だから——動物の本性を尊重しなければならない——そうではなく、わたしが動物化するのだ。それは難しいことではなく、簡単に達成できる。抗わず、身を委ねればいいのだ。

瞬間に身を委ねることは何より難しい。その難しさは人間であることの苦痛だ。わたしたちの苦痛。わたしは言葉たちに身を委ね、絵を描くことに身を委ねる。

半ば閉じた手のひらに小鳥を捕まえておくのは恐ろしい。それは震える瞬間々々を手に持つようなもの。怯えた小鳥がばたばた羽ばたくと、突然、手の内にあるのはばたつく薄い羽になる。突然、堪えられなくなって慌てて手を開き、囚われの鳥を解き放つ。あるいは、急いで小鳥を飼い主に届け、鳥籠という手のなかよりは大きな自由を与えてもらう。鳥たち——鳥たちには木々のあいだにいてほしいとわたしは思う。あるいはわたしの家から遠いところで飛んでいてほしい。おそらくいつの日かわたしは鳥たちと仲よくなり、つかの間の軽やかな姿を楽しむだろう。「つかの間の軽やかな姿を楽しむ」というのは、完璧な文章を書いたという感覚をわたしに与える。ありのままの事態を正確に表しているから。鳥たちの軽やかな浮遊という。

フクロウを洞窟に描いたことはあったけれど、それを飼おうと考えたことはない。でもある「彼女」は地上の、サンタテレーザの森で、母鳥なしに一羽きりでいるフクロウの子を見つけた。彼女は家に連れて帰った。飼い始めた。餌をやり、囁《ささや》きかけ、生肉が好きだと気づいた。フクロウは強くなり、すぐに逃げ出してもおかしくはなくなったが、自分の狂える種族に仲間入りするという運命を求めて旅立つのをためらっていた。悪魔めいた鳥は少女に情を移していたのだ。そしてあるとき勢いをつけて——自分自身と戦うように——飛び立って自由になり、世界の深みへと向かった。

牧草地に放たれた馬たちを見たことがある。そこで夜には白馬——自然界の王者——が、栄光の長い嘶《いなな》きを空高くに放っていた。わたしは馬たちと完璧な関係を結んだ。立って、馬と同じ高さになり、裸の柔毛を撫でたのを覚えている。荒々しい鬣《たてがみ》を。わたしはこう感じていた。女と馬、と。

過去の物語は知っているけれど、いまや物語は新たなものになる。「彼」は、雪の降るピレネー山脈の、ある谷の小さな村で一族の人たちの家に住んだことがある、とわたしに語った。冬には飢えた狼たちが獲物の匂いを嗅ぎつけて山から村に下りてくる。住民はみな、家のなかに羊や馬や犬や山羊を匿《かくま》い、鍵をかけて警戒する。人間の体温と動物の体温——みなが必死に、閉まった扉を引っ掻く狼の鉤爪《かぎづめ》の音に耳をそばだてている。耳を澄まして。耳を澄まして。

わたしは憂愁を感じている。朝方。でも純粋な朝の秘密を知っている。わたしは憂愁のなかで休らう。

一輪のバラの物語を知っている。動物について書いていたのにバラの話を始めるなんておかしい？　でもそのバラの振る舞いは、動物たちの神秘を思わせるものだった。わたしは二日ごとにバラを一輪買って、一輪の花の長い茎を支えられるように特別に細くなっている花瓶に、それを挿した。二日ごとにバラは萎《しお》れ、わたしは新しいものに取り替えた。そんななかで、あるバラに出会った。着色剤も使っていないし、何かを注入したわけでもない、自然そのものの瑞々しいピンク色のバラ。心を無限へと解き放つ美しさ。開ききった花冠の膨らみと、ほとんど垂直に立つ気高い花びらを誇るようなバラ。なぜ完全な垂直ではなかったのか。細くもろい茎の上でしとやかに傾《かし》いでいたから。わたしとその花のあいだに、親密な強い関係が結ばれた。わたしは花にうっとりとし、花はそのことを感じ取っているみたいだった。畏敬の栄光に輝き、愛をもって見つめられたので、数日が過ぎても萎れなかった。花冠は開ききって膨らんだままで、生まれたての花のように瑞々しかった。一週間、美しく生き生きとしていた。そのあとようやく疲れの兆候を見せ始めた。そして死んだ。バラを取り替えるのはためらわれた。そのバラを忘れたことはない。奇妙なことに、家政婦もあるとき、「あのバラはどうしました？」と突然訊いてきた。どのバラかと訊き返さなかった。わたしにはわかったから。長く愛されて生きたそのバラを家政婦もわたしと同じように見ていて、彼女にもわたしのエネルギーが波となって伝わっていた。わたしとバラとのあいだに何かがあったと、見てもいないのに勘づいていた。そのバラ――わたしは「人生の宝石」と呼びたくなる。わたしはよく物に名前をつけるので――自然の直観をたくさん持っていたので、わたしとそのバラはたがいを深く生きることもできただろう。動物と人間にしか起こり得ないように。

動物に生まれなかったことを、わたしは密かに懐古している。動物たちは時おり幾世代もの彼方から叫ぶが、わたしは沈黙によって答えることしかできない。それが呼び声なのだ。

この自由な空気、この風は、顔の魂を打って、待望を抱かせる。つねに新たな、苦しい絶頂の模倣への待望。新たにつねに底のない何かへ沈潜してゆくそれのなかへ、わたしはとめどなく落ちてゆき、死に至って沈黙を得る。シロッコの風よ、死を引き起こしたあなたをわたしは赦《ゆる》さない。異なる形でたびたび繰りかえされる経験で傷ついた記憶をもたらすあなたを。経験したことは、未来と同様にわたしを驚かせる。未来は、すでに過去になったことのように、触れ得ないもの、純粋に想定されるだけのものである。

わたしはいまこの瞬間、白い空虚のなかで、次の瞬間を待っている。時間の計測は、作業仮説でしかない。でも存在するものは腐敗しやすく、そのために不変で永遠の時間を計測することが強いられる。時間が始まったことはないし、決して終わることもない。決して。

わたしが知り合いになったある「彼女」は、ベッドで死んだとき、叫び声を上げていた。わたしが消える！　やがて昏睡《こんすい》という恩恵を受けて、「彼女」は身体から解放され、死への怖れを失った。

あなたに向けて書く前に、わたしは全身に香水を纏う。

わたしのすべてをもってあなたを生きたことで、あなたのすべてをわたしは知っている。わたしのなかで生は深い。夜明けは、深い夢々を生きて蒼白になったわたしを見つけに来る。ときにわたしは、浅瀬のような黒に近い紺色の深みを下に隠している場所で漂っているけれど。だからあなたに向けて書く。厚い海藻の吐息で、愛の柔らかな日の出の光のなかで。

わたしは死ぬだろう。矢を放とうとする弓のような緊張がある。半獣半人の射手座を思い出す。古典古代の厳格さを帯びた人間の半身が弓と矢を持っている。矢はいまにも放たれて的を射ようとしている。自分が的に命中させるとわたしは知っている。

いまからわたしは手が走るに任せて書こうと思う。手が何を書いても、わたしはそれをいじらない。それが、瞬間とわたしとのあいだに位相差を作らない方法である。わたしは瞬間そのものの中心で動く。だがいずれにしても位相差は生まれるだろう。それは次のように始まる。愛が死を妨げるように。それで自分が何を言いたいのかわからない。理解に縛られない生を与えてくれた自分の不理解を、わたしは信じている。終わりまで行かなければならないというのは恐ろしい義務だ。しかも、誰に頼ることもなく。自分自分に対して生きること。あまり苦しまないよう、少し鈍感になること。なぜならわたしはこれ以上、世界の苦しみを背負うことはできないから。他の人びとの存在と感覚とをわたしが完全に感じてしまうのに、何ができるだろうか？　わたしは他の人びとの存在を生きるが、もう力がない。自分自身に対してさえ、語りたくないことがある。みずからであることへの裏切りになってしまうから。自分がいくつかの真理を知っていると感じている。それらを、わたしはすでに予感している。だが真理の言葉はない。真理は複数なのか単数なのか？　わたしは神について話すつもりはない、神はわたしの秘密である。きょうは晴れている。海辺はよい風と自由に満ちていた。そしてわたしはひとりでいて、誰も必要としていなかった。わたしが感じていることをあなたと分かち合わなければならないけれど、難しい。穏やかな海。だがそれは何かを見張り、疑っている。その穏やかさが長続きしないかのように。つねに何かが起こりそうな気配がある。時に応じて生じる、運命的な、予見し得ない何かが、わたしを惹きつける。わたしはすでにあなたとの苛烈な意思疎通に入っているので、存在することを止めてしまった。あなたはひとりの「わたし」になった。語り得ない物事を語ることはきわめて難しい。沈黙に満ち満ちている。わたしたち二人の現実の出会いをどう翻訳できるのか？　それを語るのは困難を極める。わたしはあなたを数秒のあいだじっと見つめた。その時間はわたしの秘密である。完全な結ばれと呼べることが起こった。わたしはそれを鋭い幸福の状態と呼ぶ。わたしは恐ろしいほどに明晰で、人類の、より高位の平面に到達しそうでさえある。あるいは、非人類の――「それ」。

わたしが無意志の直観ですることは、描写し得ない。

あなたに向けて書くことで、わたしは何をしているのか？　香りの写真を撮ろうとしているようなこと。

わたしは、アトリエ上部の、開いた窓の近くに座って、あなたに向けて書いている。

あなたに向けてこうして本の複写を書いている。書く術を知らないものの本の。

でも、ごく軽い話し言葉の領域で、わたしはほとんど話すことができない。何より、書かれたものによってあなたに話しかけることができない。少し上の空でもわたしの声を聴いてくれるあなたに慣れてしまったわたしには。絵を描くときわたしは画材を尊重し、その原初の運命を尊重する。だからあなたに書くときも、わたしはシラブルを尊重する。

新たな瞬間、わたしは何が引き続いて起こるかを見極める。見えてくる瞬間について語るには、わたしはその瞬間よりも言葉巧みでなければならない。すばやい一瞥の多様な可能性をわたしが追求し尽くすまでに、いくつもの瞬間が過ぎてゆくだろう。

わたしは自分の呼吸に合わせてあなたに向けて書く。絵と同じように難解な文章を書くだろうか？　怖いくらい明瞭でなければならないみたいだから。わたしは明瞭？　そんなことはどうだっていい。いまわたしは煙草に火をつける。タイプライターに戻ってくるかもしれないし、この辺りで完全に終わりにしてしまうかもしれない。わたしはいつも間が悪い。

戻ってきた。わたしは亀のことを考えている。ただ直感で、亀は恐竜のような動物だと言ったことがある。のちに、そのとおりだということを何かで読んで知った。わたしは奇妙なことを考える。いつか亀の絵を描きたい。亀は興味深い。人間でないあらゆる生物は、奇蹟がもたらす事件だ。わたしたちが形作られたあと、たくさんの原材料――「それ」――が余って、動物たちが形作られた。どうして亀なのか？　あなたに向けて書いているこれのタイトルは、少しこんなふうに、疑問形にするべきかもしれない。「それで亀たちは？」と。わたしを読んでいるあなたは言うでしょう。ずっと亀のことなんて考えてなかった、と。

急に不安に駆られたので、いまにもこれで終わりと言って、あなたに向けて書くものを完結させてしまいそうだ。それは盲目の言葉に多くを依存しているから。

不信心の者たちにも、神がかった絶望の瞬間というものがある。神の不在は宗教儀式である。いまこの瞬間、わたしは神に助けを求めている。わたしにはそれが必要だ。人間の力よりも。わたしは強いけれど破壊的でもある。神様がわたしのところに来なければならない。わたしがそちらに行くことはなかったから。神様に来てほしい。お願いだから。わたしがそれに値しないとしても。来て。もっとも値しない者たちこそ、もっとも必要としているのかもしれない。わたしは不安で気難しくて絶望を抱えている。裡に愛を抱いてはいるけれど。ただ、愛の使い方は知らない。愛はときに、いくつもの鉤針のようにわたしを傷つける。自分の裡でたくさんの愛を受け取ってなお不安を感じ続けているのは、わたしには神の訪れが必要だから。手遅れになる前に来てほしい。生きているあらゆる人と同様に、わたしも危険に晒《さら》されている。そしてわたしを予期して待つ唯一のものはまさしく、予期し得ないもの。でも、死の前には平穏を手に入れるだろうこと、いつの日か人生の繊細さを味わうだろうことはわかっている。わたしは感じ取るだろう——食べものを味わい、経験するように。わたしの声はあなたの沈黙の深淵へと落ちてゆく。あなたは黙ってわたしを読む。でもその無音で無限の領野で、わたしは翼を広げて自由に飛ぶことができる。だからわたしは最悪のものを受け入れて死の核心へと入ってゆくし、そのためにこそ生きている。繊細なる核心。その「それ」がわたしを震わせる。

わたしはこれから、存在するものの秩序を感じるために、花々の苦痛について語ろうと思う。その前に、多くの花々にあって昆虫たちが貪りに来る甘い蜜を、喜びとともにあなたに贈りたい。雌蕊《めしべ》とは、花の女性器であり、たいていは中心にあり、種子の基となるものを含み持つ。花粉とは、雄蕊《おしべ》で生み出され、葯《やく》に含まれる、受精を引き起こす粉である。雄蕊とは、花の男性器である。針状のものと、雌蕊を取り巻く葯の下部から成る。受精とは、生殖のふたつの——男性と女性の——要素の結合であり、そこから果実が生まれる。「そして神ヤハウェは東にあるエデンの地に園を作り、みずからが創った人間をそこに置いた」（創世記二章八）。

わたしはバラの絵を描きたい。

バラは、女性である花で、みずからのすべてを差し出すので、自分を贈与した喜びだけがバラに残る。その香りは狂える神秘。深く吸い込むと、心の内奥に触れ、全身の内側に香りが満ちる。バラが女性として花開く様は何より美しい。花びらには快い味がある——試してみればわかる。でもバラは「それ」ではない。「彼女」である。赤いバラには強い官能がある。白いバラには神の平穏がある。花屋には白いバラは滅多にない。黄色いバラには陽気な緊張感がある。ピンクのバラには肉感があり、その色は際立っている。オレンジ色のバラは接ぎ木によって作られたもので、性的な魅惑がある。

どうかよく聞いてほしい。わたしはあなたを未知の王国へと誘っている。

カーネーションには、ある苛立《いらだ》ちから来る攻撃性がある。その花びらの切っ先は尖《とが》っていて、取っつきにくい。カーネーションはどこか死を招くような香りがする。赤いカーネーションは、荒々しい美しさのなかで叫んでいる。白いカーネーションは、亡くなった子どもの小さな棺を思わせる。香りが強く鼻を突き、わたしたちは怖くなって顔を逸らす。どうしたらカーネーションを画布へと移植できるだろう？

ひまわりは、太陽の大いなる息子。だからその巨大な花冠を自分の創造主に向ける。太陽が父なのか母なのかはどうでもいい。わたしは知らない。ひまわりという花は女性だろうか、それとも男性だろうか？　わたしは男性だと思う。

スミレは内向きで、深く内省している。慎み深さからみずからを隠すのだと言われている。そうではない。自分の秘密を摑み取るために隠れているのだ。ほとんど香らない香りは控えめな栄光だが、わたしたちがそれを探すことを求めてもいる。香りは決して声高ではない。口に出して言うことのできない繊細な事々をスミレは語っている。

つねに生き生きとしている、という意味の名前を持つムギワラギクは、つねに死んでいる。その無愛想な感じは、永遠を指向している。ギリシャ語における名には、黄金の太陽という意味がある。マーガレットは陽気な花。素朴で開けっぴろげだ。花びらは一層しかない。中心は子どもの遊びのよう。

美しい蘭は、優美で無愛想。自生はしない。ガラスの覆いを必要とする花である。眩《まばゆ》い女性だということは否めない。着生するものなので、高貴であることも否めない。着生する植物とは、他の植物の上で生まれるが、そこから栄養を摂ることはないもののこと。無愛想というのは嘘だった。わたしは蘭が大好きだ。人工のものとして生まれ、生まれながらに芸術である。

チューリップは、オランダでのみチューリップである。一輪だけではチューリップではない。広い花畑がなければチューリップではない。

小麦の花は、小麦のあいだでのみ咲く。慎ましさとともに、さまざまな形と色になる大胆さがある。小麦の花には聖書の雰囲気がある。スペインの馬小屋模型では、麦の穂から花を切り離さない。それは鼓動する小さな心臓である。

でもアンジェリカの花は危険だ。礼拝堂の香りを持つ。恍惚をもたらす。聖体のパンに似ている。それを食べて聖なる強い香りで口を満たしてみたいと思う人は多い。

ジャスミンは恋人たちの花。現在を宙吊り《ちゅうづ》りにしたい気持ちにさせる。恋人たちは手を繋いで腕を振りながら歩き、ジャスミンのほとんど音のような香りに合わせてそっとキスをする。

極楽鳥花は、とりわけ男性的な花。愛の攻撃性と、健やかな傲岸さがある。雄鶏の鶏冠《とさか》と声を持っているかのよう。ただ、夜明けを待ちはしない。あなたの美しさの暴力。

夜香花《ダーマ・ダ・ノイチ》は、満月の香りを持つ。幻想めいて、驚きをもたらす、危険を愛する人のための花。夜にだけ開いて、香りは目眩を誘う。夜香花は沈黙している。無人の暗い街角、明かりが消え窓は閉じている家の庭が似合う。きわめて危険な花だ。暗闇に響く口笛で、誰もそれに耐えられない。でも危険を愛するわたしは耐えられる。水気の多いサボテンの花は、大きく香り豊かで、輝く色を持つ。それは砂漠の植物が果たす、汁による復讐《ふくしゅう》。横暴な不毛さから生まれる栄光である。

エーデルワイスについて語るのは億劫《おっくう》だ。海抜三四〇〇メートルの高地に咲く花である。白く、羊毛のよう。手が届くことは滅多にない。憧れだ。

ゼラニウムは、窓辺に飾る花。サンパウロのグラジャウー地区やスイスに見られる。

オオオニバスは、リオデジャネイロの〈植物園《ジャルヂン・ボタニコ》〉にある。直径が二メートルにも達する大きさ。水生で、死をもたらす。アマゾンに自生する花の恐竜。大いなる平穏を振り撒く。威厳がありつつも、質素である。水面にあるのに影を落とす。わたしがあなたに書いているこれは、ラテン語で natura florum〔花の性質〕というもの。あとで線画の習作をあなたに見せたいと思う。

菊には深い喜びがある。色と、櫛《くし》の通っていない髪のような花冠を通じて語る。髪を振り乱しつつ、みずからの野性を抑えている花。

わたしは、お許しをいただいて、死にたいと思う。でもそれはできない。遅すぎる。「火の鳥」を聴いた——そして完全に溺れた。

ここで中断しなければならないのは——言わなかっただろうか？　いつの日かあることが起こると言わなかっただろうか？　それがいま起こったのだ。ジョアンという名前の男性がわたしに電話をかけてきた。彼はアマゾンの奥地で育った。

そこには言葉を話す植物の伝説が伝わっていたという。タジャーという名前の木。先住民たちが儀式で霊力を吹き込むと、その木は言葉を話すようになると言われている。ジョアンは、説明のつかない出来事を語ってくれた。夜遅くに家に帰ってきて、その木が置いてある廊下を歩いていると、「ジョアン」という単語が聞こえた。それで母親が呼んでいるのだと思って、いま行くと答えた。上の階に行くと、母と父は深く眠っていびきをかいていた。

わたしは疲れている。疲れは、わたしの多忙から来ている。わたしは世界を気にかけているのだ。毎日、テラスから海と接する砂浜の断片をまなざして、真っ白い厚い波、夜のあいだ海水が不安げに運んできた波を見る。そのことは、波が砂に残す跡からわかる。自分の家がある街路のアーモンドの木々をまなざす。眠りに就く前に世界を気にかけて、夜空で星が瞬いているか、それが群青色に染まっているかを確かめる。空が黒ではなく、わたしがステンドグラスに塗ったような、濃厚な群青色に見える夜もあるから。わたしは濃厚さが好きだ。ぼろを纏って痩せ細った九歳の少年を気にかけている。いつか結核になるかもしれない。いまはそうではなくても。それでわたしは〈植物園〉で疲労困憊する。まなざしで何千という草木の、とりわけオオオニバスの世話をしなければならない。オオオニバスはそこにある。そしてわたしはそれをまなざす。

わたしが抱く感情的な印象に触れていないことに気づいてほしい。わたしは明らかに、わたしが気にかけている数千の物々のうちのいくつかについてのみ語っている。それでお金を稼いでいるわけではないので、職業でもない。わたしはただ、世界がどのようなものかを知りつつあるだけ。

世界を気にかけるのは大変かどうか？　大変だ。たとえば、通りで見かけた女性の無表情で怖い顔を思い出すよう、わたしは強いられる。二つの目をもって、丘の斜面に生きる人びとの悲惨を気にかける。

どうして世界を気にかけるのかと、あなたは問うだろう。わたしはその任務を背負って生まれてきたのだ。

子どものとき、アリの行列を気にかけた。アリたちは、葉の小片を担いでインドで見られるような行列を作って歩く。その状況でも、反対側から歩いてくるアリに何かを伝えている。アリとミツバチはすでに「それ」ではない。「彼女たち」である。

ミツバチについての本を読んで以来、とりわけ女王バチを気にかけている。ミツバチは飛び、花々と関わる。陳腐なことだろうか？　わたし自身がそれを確かめた。当然のことを記録するのも仕事の一部だ。小さなアリ一匹に、気をつけていなければ取り逃がしてしまう世界がまるまる収まる。たとえば、組織として動くという直感、超音速を超える言語、性の感情が収まっている。いま、まなざすべきアリは一匹もいない。殺戮《さつりく》がなかったということは知っている。あれば知ったはずだから。

世界を気にかけるのには忍耐も必要だ。アリが一匹現れるのを待たなければならない。

ただ、報告すべき人をまだ見つけていない。あるいはそうではない？　まさにここでわたしはあなたに報告しているのだから。いまあなたに、あの乾燥していた春のことを報告しようと思う。静電気を帯びてラジオは破裂音を立てた。体の電気を放って服は逆立ち、櫛にくっついて髪の毛が立ち上がった——つらい春だった。冬に疲れたその季節は、電気を全身に帯びて目覚めつつあった。どの地点でも、遠くへと発とうとしているようだった。それまでにないほど多くの道が見えていた。ほとんど話さずにいた、あなたとわたしは。どうして皆が怒り、強く帯電していたのかわからなかった。でもその電気が何の役に立ったのか？　体は眠気で重かった。そして盲人の開いた目のような、わたしたちの大きく無表情な目。テラスに置かれた水槽には魚がいて、わたしたちはあのホテルのバーで冷たい飲み物を飲みながら野を見ていた。風とともに山羊たちの夢が吹きつけた。別のテーブルにひとりきりのファウヌス〔古代ローマの牧神〕がいる。冷たい飲み物のグラスを見ながら、わたしたちは透き通ったグラスのなかでうっとり夢を見ていた。「何て言ったの？」とあなたは訊ねる。「何も言ってない」。日々が次々と過ぎてゆく。あの危険の直中のすべて、肉厚のゼラニウム。一瞬、調和があれば、風に乗った春の、あの刺々《とげとげ》しい静電気を捉えられる。山羊たちの恥知らずの夢、空っぽの魚、そしてわたしたちは不意に果物を盗みたくなる。戴冠したファウヌスはいまひとりで跳ねている。「何？」「何も言ってない」。でもわたしは、大地の下で鼓動する心臓のようなざわめきが始まるのを聞きつけていた。静かに、耳を地面につけて、夏が内側から道を切り拓いてくるのを聞き止め、わたしの心臓は地中で――「何も！　何も言ってない！」――閉じた大地がしぶとく残酷に、出産のために内側から開くのを感じている。わたしは、夏がどれだけの重い優しさで幾千のオレンジを熟させるかを、そしてそれらのオレンジが自分のものだということも知っていた。だってわたしは、ほしかったから。

時の変化をいつも予感する自分を、誇らしく思う。空中に何かがある——新しい何かが訪れると、体が告げ、わたしの全身が震える。何のためにかはわからない。その春にわたしは桜草《プリームラ》という植物をもらった。神秘に満ちていて、その神秘の直中に説明し得ない自然が含まれている。一見すると、特異なところは何もないように見える。でもまさに春が始まろうとする日に、葉々は散って代わりに蕾《つぼみ》が生まれ、強い目眩を起こさせる女性と男性の香りを漂わせる。

わたしたちは近くに座っていて、ぼんやりとまなざしている。すると花々が緩やかに開いてゆき、驚いたわたしたちのまなざしの下で新しい季節に身を任せる。そして春が始まる。

でも冬が来るとわたしは与えに与え、また与える。わたしは厚着をする。わたしの胸の温もりでたくさんの人びとを庇護する。熱いスープを啜《すす》る音がする。いまわたしは雨の日々を過ごしている。わたしが与える時が近づいている。

子どもが生まれるときみたいだってわかる？　痛みがある。痛みが、過酷な生命である。過程は痛む。来《きた》るべき存在は、緩やかで善い痛みである。人が体を伸ばせるところまで広がる活気。そうすると血は感謝する。わたしは何度も呼吸する。空気は「それ」である。風を伴う空気はすでに「彼」あるいは「彼女」である。あなたに書くために自分に無理をさせる必要があったなら、とても悲しかっただろう。時おり、インスピレーションの力が耐えがたくなる。息苦しくなって絵を描く。物事がわたしに依存していないのはすばらしいことだ。

死について多くを語ってきた。でもいまから生の息吹《いぶき》について話そうと思う。人の呼吸が止まっているときには、人工呼吸がなされる。相手の口に自分の口をつけて息を吹き込む。すると相手は息を吹き返す。その呼気の交換は、生についてのもっとも美しい話のひとつだ。その口づけの美しさに目が眩みさえする。

ああ、すべてがあまりにも不確かだ。同時にすべては〈秩序〉のなかにもある。次の文で何を書くかすらわかっていない。究極の真実を、わたしたちは口に出して言うことはない。来る真実を誰が知っているのか。話してほしい。わたしたちは悔いながら耳を傾けるから。

……突然、彼を見かけた。あまりにも美しく逞《たくま》しい男性で、わたしは創造の喜びを感じるほどだった。彼を自分のものにしたいということではない。サッカーボールを追いかける天使の髪を持つ少年を自分のものにしたいと思わないように。わたしはただ見ていたかっただけ。男性は一瞬わたしを見て穏やかに微笑んだ。彼は自分がどれだけ美しいか知っていたし、わたしが彼を自分のものにしたいわけではないと彼がわかっていることが、わたしにはわかった。何の危険も感じなかったから微笑んだのだ。抜きん出た人びとは、いかなる意味でも、普通の人びとより多くの危険に晒されている。わたしは道路を横断してタクシーに乗った。微風がうなじの毛を逆立てた。わたしは有頂天で怖くなってタクシーの隅に身を潜めた。幸福は痛いものだから。そのすべては美しい男性を目にしたために起こったこと。わたしはなお、彼を自分のものにしたいとは思っていなかった——わたしが好きなのは少し醜いけれど調和が取れている人たちだった。だが彼はある形で、たがいを理解する者同士が交わす微笑みで、多くを与えてくれた。そのことについてわたしは何も理解していなかった。

生きる勇気。隠されて秘密裏に輝くべき物事を、わたしは隠れたままにしておく。

わたしは沈黙する。

自分の秘密が何なのか知らないから。あなたの秘密を教えてほしい。わたしたちひとりひとりの秘密について教えてほしい。名誉を傷つける秘密ではなく。ただの秘密。

作法はない。

少し死ぬ許しを請わなければならないと思う。失礼――いい？　すぐに戻るから。ありがとう。

……いや。死ぬことはできなかった。わたしは意志による行為で、この「物である言葉」をここで終えるのだろうか？　まだだ。

わたしは現実を変容させている――何がわたしから逃れているのか？　どうしてわたしは手を伸ばして摑まないのか？　ただ、見たことのない世界を夢見ただけだから。

わたしはあなたにこれをコントラルトの声で書いている。黒人霊歌だ。コーラスが響き、ロウソクが灯っている。いま目眩を覚えている。少し怖い。わたしの自由は、わたしをどこへ連れてゆくのか？　あなたに書いているのは何なのか？　それはわたしを孤独にする。でもわたしは書き続け、祈る。わたしの自由は〈秩序〉に指揮されている——もう怖くない。わたしはただ、発見の感覚に導かれている。思考の背後の背後。

本当のところ、あなたに書いているとき、そしていまも、わたしは自分を追い求めている。どこにたどり着くのかわからないまま、自分を追い求めている。ひどく難しいこともある。未だ靄でしかないものを追い求めるのだから。諦めることもある。

いま、わたしは怖い。あなたにあることを言おうとしているから。怖さが消えるとよいのだけど。

消えた。言いたいのはこういうこと。不協和音は、わたしには響きよく聞こえる。旋律はわたしを疲れさせることがある。いわゆる「ライトモチーフ」も。音楽に、この文章に、描く絵にわたしが求めるのは、空中で交わり、わたしにわかる不協和音を成す幾何学的な線たち。純粋な「それ」。わたしの存在はずぶ濡れになって、軽く酩酊《めいてい》する。あなたに言っているこれはとても重要なこと。わたしは眠りながら仕事をする。わたしが神秘のなかを動き回るのは眠っているときだから。

いまは日曜日の午前。晴れた、この〈木星〉の日曜日に、わたしはひとり家にいる。不意にわたしは出産時の重い痛みを感じたように前屈《まえかが》みになった——そしてわたしのなかの少女が死につつあることを理解した。この血の日曜日を忘れることは決してないだろう。傷が癒えるまで時間がかかる。わたしは堅固で静かで、英雄らしくしている。わたしのなかに少女はいない。すべての生は英雄的な生である。

創造がわたしから逃れる。わたしはそれほど多くを知りたいと思っているわけではないのに。心臓が胸で鼓動しているだけで充分だ。「それ」の生きた非人称性で充分だ。

胸の裡で鼓動が乱れるのを、いままさに感じている。それは返還請求のようなもの。直前のいくつかの文でわたしは自分の表層だけで思考していたから。だから存在の内奥が、思考の跡を水浸しにして消し去るために現れてきたのだ。海は砂浜に残された波の跡を消し去る。ああ、神様、いまわたしはどれだけ幸せだろう。幸せを損なうのは怖れだ。

わたしは怖くなる。でも心臓は鼓動する。説明のつかない愛に鼓動が速まる。わたしが生まれたということだけは確実に言える。あなたは、わたしという存在のひとつの形であり、わたしは、あなたという存在のひとつの形である。それがわたしの可能性の限界だ。

その可能性によって死ぬ贅沢を、わたしは味わっている。あなたに話すときに感じる甘い疲れ。でも期待もある。期待とは、未来との関わりにおいて自分が貪欲だと感じること。いつかあなたは、わたしを愛していると言った。わたしはそれを信じて、生きている振りをする。昨日から今日へ、明るい愛のなかで。でも郷愁を抱いて思い出すことは、ふたたび別れを告げるようなこと。

幻想の世界がわたしを取り巻き、わたしに取って代わっている。小鳥の狂った歌を耳にして、わたしは指と指のあいだで蝶《ちょう》を押し潰す。わたしは虫に喰われた果実。オーガズムの黙示録を期待している。わたしは、不協和音を立てる虫の大群に取り巻かれたランプの灯りである。存在するために、所定の位置から外れる。トランス状態にある。周囲の空気に入り込む。何という熱だろう。わたしは生きるのをやめられない。言葉たちが形作るこの深い森のなかで。わたしが感じ、考え、経験するものであり、わたしの全存在を、自分に所属していながら完全に外にある何かに変えるものを、密な言葉たちが包み込む。考えるわたしを、わたしが観察する。自問する。思考するときにさえ自分の外にいるのは誰なのか？　こういったことをあなたに向けて書くのは、それが、わたしが甘んじて受けなければならない挑戦だから。わたしは自分の幽霊たちに、神秘と幻想に取り憑かれている——生は超自然のものだ。わたしは、自分の夢の果てまで、弛《たる》んだ綱の上を歩いてゆく。官能に苦しむ内臓に導かれて。衝動の怒り。自分を整えるよりも前に、自分を内から乱さなければならない。自由の、最初の、つかの間の状態を経験するために。過ち、倒れ、立ち上がる自由の。

でもわたしが、物事を受け入れるために理解したいと思ったら——身を委ねることは決してしないだろう。一気に沈潜しなければならない。理解と、何より無理解とを包む沈潜。敢《あ》えて思考するわたしは何者なのか？　身を委ねなければならない。どうやって？　ただわたしは、歩くという行為を通じてのみ歩くことができ——奇蹟——、歩くのだと知っている。

勤勉なクモのように未来を創り出すわたし。最良のわたしは、何も知らずに、知らないものを創り出しているときのわたし。

いまわたしは不意に、自分が何も知らないことに気づく。わたしのナイフの刃は鈍ってきているのだろうか？　もっともあり得そうなのは、難しいものを見ているから理解できないということ。わたしは密かに、自分にとって新しい現実、それにふさわしい思考が未だ存在せず、それを指し示す言葉も当然ながら存在しない現実と、接触し始めている。それもまた、思考の背後の感覚である。

あなたにどう説明したらいいだろう？　やってみる。わたしは斜めになった現実を知覚しているのだ。斜めの視角からの眺め。いまようやく、斜めの生を予感した。以前は真っ直ぐな視覚と、平行な視角からしか見ていなかった。斜めの狡《こう》猾《かつ》さには気づいていなかった。いまは、異なる生を垣間見《かいまみ》ている。ありのままの感覚をただ展開させるだけではない生を——それは、より魔術的でより繊細でありつつ、動物の洗練された力も持っている。極度に斜めになったその生に、わたしは重い前足を乗せて、存在が、斜めで偶然で、微かに運命的なものの裡で終わるようにした。わたしは偶然の運命を理解した。そこに矛盾はない。

斜めの生は、きわめて内密なものだ。わたしはもうその内密さについては語らない。乾いた言葉たちで感覚でもある思考を傷つけてしまわないように。その斜めのものが、放縦に独立していられるように。

微かな誇り、優美な動き、軽くしぶとい苛立ち、長く古い道から来る巧妙な軽蔑である生き方もわたしは知っている。反抗の徴としての、重みのない風変わりな皮肉。生には、冬の寒さのなかウールにくるまってテラスでコーヒーを飲むような一面もある。

風に晒され、地面で微かに揺れる軽い影である生き方も知っている。漂う影、白昼の浮遊や夢である生。わたしは地球の豊かさを体験している。

そう。生は実に東洋めいている。偶然の運命に選ばれたわずかな人びとだけが、生の冷淡で繊細な自由を味わった。花瓶に花を生ける術を知っているように。生のその捉えがたい自由を決して忘れてはならない。それは瘴気のように現前しているはずだ。

この生を生きることは、直接に生きるというより、間接的にそれを思い出すことである。絶対的に怖ろしくなったかもしれない何かの、緩やかな回復に似ている。冷めた快楽による回復。そして生は初心者にとってのみ儚い真実となる。そしてみずからとして今の瞬間の裡にある。その影響力のもとで果実が食される。わたしは自分が話していることがもうわからず、気づかないうちにすべてが逃げ去ったのだろうか？　いや、わかっている——でも細心の注意を払っている。そうしないと紙一重の差でわからなくなるから。わたしは繊細に些細《ささい》な日常を糧として、この薄闇の境界にあるテラスでコーヒーを飲む。その薄闇は甘く多感であるというだけで、病んで見える。

斜めの生？　物々のあいだに軽い齟齬《そご》が生じることはよくわかっている。物々はぶつかりそうになる。意味を失った言葉たちのあいだで失われてゆく存在たちに齟齬が生じる。でもわたしたちは軽い齟齬のなかでたがいをほとんど理解しかける。その「ほとんど」は、生を正面から受け止めて耐える唯一の形である。というのも、生と直に向き合う突然の出逢いはわたしたちを驚かせ、その繊細なクモの巣の糸を驚かせる。わたしたちは斜めに構えている。わたしがあなたに話しているから生において際限なく異質であるとわたしたちが予感するものを、約束してしまわないように。

わたしは傍らで生きている――中心の光に焼かれることのない場所で。ごく小さな声で話す。耳を澄まして傾聴されるように。

でもわたしはまた別の生のことも知っている。知っていて、求めていて、残酷に貪る。それは魔術的な暴力の生。謎めいた魅力を持つ。そのなかで蛇たちは絡みつき、また、星たちは揺らめく。いくつもの雫《しずく》が、燐光を発する洞窟の暗がりのなかで滴り落ちる。その暗闇のなか、妖精の瑞々しい庭で花々が絡み合う。わたしはその、無言で行われる乱痴気騒ぎの魔術師。自分の腐りやすさに打ちのめされている。自分が裡から悪に染まっているのがわかる。わたしが善良なのは、ただ純粋な善意によってである。自分自身に打ちのめされている。火を統《す》べ、そのなかに生きる精霊サラマンダーの道へと、わたしは進む。みずからを死者たちへの捧げものにする。季節を分かつ至点の時に、祓われたドラゴンの亡霊として魔法をかける。

でもわたしは、いま起こる出来事をどう摑めばいいのかわからない。何であれ、わたしの身に起こるすべてのことを体験しながらでなければ。自由な馬が、高貴で純粋な喜びを感じて烈火のごとく走るのを、わたしは止めない。神経質に走るわたし、現実だけで象《かたど》られているわたしは。そして一日が終わるとき、コオロギの鳴き声を聞いてわたしは心を満たされ、知性では理解し得ない存在になる。そののち、数千の小鳥たちが囀《さえず》る夜明けが訪れる。身に起こるすべてを記録することを通じて、わたしは体験する。生気に溢れ、震える今日の神経を、自分の両手で感じて、調べ尽くしたいから。

思考の背後で、わたしはある状態に達する。それを分析して言葉にしたくはない――わたしが言い表せず、言い表したくないものは、わたしの諸々の秘密のなかでも最大の秘密となる。自分が思考を用いない瞬間々々を自分が怖れているのはわかっているし、その、到達困難なつかの間の状態は完全な秘密となり、思考を生み出す言葉はもう用いられない。言葉を用いないとアイデンティティが失われるだろうか？　有害な、本質の闇のなかで、みずからを失うことになるだろうか？

わたしは世界のアイデンティティを自分のなかで失くし、保証のないまま存在している。わたしは、現実になり得るものを現実にするけれど、現実にし得ないものは体験する。わたしの、世界の、あなたの意味は明白だ。それは幻想めいている。壮大なほど繊細な瞬間々々に、わたしは自分と折り合う。神は、存在のひとつの容態なのだろうか？　存在するものの本性の裡に具現化する抽象なのだろうか？　わたしの数々の根は神の闇のなかにある。まどろみかけた根。暗闇のなかで揺らめいている。

そして、わたしたちはもうすぐ別れると感じている。わたしの驚きの真実とは、ずっとあなたのものだったのにそうと知らずにいたこと。いまはわかる。わたしは孤独だと。わたしと、行使できないわたしの自由。孤独の大きな責任。自分を失っていない人は自由を知らず、自由を愛することもない。わたしは自分の孤独を引き受ける。時おり、花火を見たみたいにうっとりとする。わたしは孤独で、孤独の裡で痛みになり得る内密な栄光を体験しなければならない。そして痛みは沈黙している。その名をわたしは秘密にしている。わたしが生きるためには数々の秘密が必要だ。

わたしたちひとりひとり――いつかの瞬間に人生でみずからを失っている――に、果たすべき使命が知らされるだろうか？　でもわたしはどんな使命も拒絶する。わたしは何を果たすこともない。ただ生きている。

いま、絵筆を置いて、変に馴染み深いのにつねに遠くにある言葉に替えることは、興味深くもあり、困難でもある。言葉の裡には極端な、内密な美しさがある。でもそれには手が届かない――幻影に届きそうに見えるだけで、いつまでも到達不可能であり続ける。わたしの絵から、そしてこれら犇《ひし》めき合うわたしの言葉たちから、目の深層でもあるひとつの沈黙が舞いあがる。何かが、いつもいつもわたしから逃れる。逃げないときにはわたしは確信する。生は、これではない別のものだと。生は隠れ潜むものだから。

死ぬ瞬間、わたしは自分の限界を超えて生きられるよう、生に強いるだろうか？　でもわたしは今日の存在である。

わたしがあなたに無秩序に書いていることはよくわかっている。でもそれは生きるのと同じこと。わたしが扱うのは「見つけたもの」と「失ったもの」だけ。

書くときには、わたしは不可能なものに携《たずさ》わる。自然の謎に。それに神の。神が何かを知らない人は、決して知り得ない。神について知られたことは過去に属する。それはすでに知られていること。でも書くことには苛立ちを覚えずにいられない。

わたしには人生の筋書きがないのだろうか？　思いがけず、わたしは断片的な存在になっている。「少しずつ」の存在に。わたしの物語とは、生きること。挫折を怖れてはいない。挫折によって無になってもいい。わたしは墜《お》ちる栄光を求めている。無愛想で不器用なわたしの不具の天使、天国から地獄に墜ちて悪を楽しんでいるわたしの天使。

これは物語ではない。わたしはこんな物語は知らない。わたしにできるのは語りながら作ってゆくことだけ。これは、電車の窓から線路が逃げてゆくように、逃げてゆく一瞬々々の物語。

今日の午後、わたしたちは会う。わたしが書いているもの、わたしの存在を包含しているもの、読まれもしないのにあなたに贈っているもののことを、おくびにも出さない。わたしが書いているものをあなたは決して読まない。わたしが、自分の存在の秘密に気づくとき――わたしはそれを海に投げるように捨てる。あなたに向けて書いているのは、あなたがわたしの存在を受け止めることはないから。一瞬々々の記録を破棄するとき、わたしがすべてを引き出した自分の無へと回帰するだろうか？　わたしは代償を払わなければならない。未知の現在にのみ新たなものとなる過去を持つ者が払うべき代償を。これまでの経験について考えると、途上で自分の体たちを置き去りにしてきたように思える。

午前五時に近い。蒼白の曙光《しょこう》、青く冷たい鉄、闇から生まれ出る一日の苦みと渋み。時の表層に現れる。わたしもまた青ざめて、暗闇から生まれ出つつあり、非人称の存在であるわたしは「それ」である。

あなたに言いたいことがある。わたしは、自分が描いている以上に上手にも下手にも描けない。わたしは「それ」を描く。わたしは「それ」を書く——わたしにできるのはそれだけ。落ち着かない。大量の血が血管を巡る。筋肉が強張り、収縮する。体のオーラが満月になる。Parambólica ——その言葉が何を意味するのであれ〔parambólica は、造語か誤記と思われる。m のない parabólica は「たとえ話の」「放物線を描く」という意味の形容詞〕。わたしは parambólica。わたしは自分を要約できない。一脚の椅子とふたつのリンゴを合算することはできないから。わたしは一脚の椅子とふたつのリンゴである。わたしは合算できない。

ふたたび、わたしは喜ばしい愛を抱いている。あなたの存在をわたしは慌てて呼吸する。あなたの奇蹟の光暈《ハロー》を、空中に霧散してしまう前に吸い込む。自分を生き、あなたを生きたいというわたしの新鮮な欲求は、生の組織そのものなのだろうか？　存在する者たちの、物々の本性――それは神なのか？　その本性に多くを求めるときにはおそらく、わたしは死ぬのをやめるのだろうか？　わたしは死に暴力を働き、生の裂け目を開けるだろうか？

わたしはあなたに書いているものの痛みを断ち切り、わたしの不安な喜びをあなたに贈る。

そして今この瞬間に、いくつもの遠い場所が見える視野に転がった白い塑像がいくつか見える――わたしが虚《うつ》ろなまなざしで自分を失う無人の地で、しだいに遠ざかってゆく。わたし自身も遠くから見られる塑像であり、つねに自分を失いつつある。わたしは存在するものを享受している。自分の巨大な夢のなか、沈黙して空気のようである。何も理解できないので——動き、揺れる現実にしがみつく。現実のものに、わたしは夢を通じて到達する。現実よ、あなたを創り出すのはわたしである。そしてあなたに耳を傾ける。水に沈んで震えて鳴る、遠い鐘に耳を傾けるように。わたしは死の核心にいるのだろうか？　そのためにわたしは生きているのだろうか？　感知できる核心。その「それ」がわたしを震わせる。わたしは生きている。傷口のように、肉に咲いた花のように、痛ましい血の道がわたしの裡に開いている。ラゴーア・サンタに住むインディオのあからさまで無垢なエロティシズムをもって。わたしは、先史時代から受け継がれた広大な時空間のなかで風雨に晒された石の背に刻み込まれた銘である。数千年の広がりを持つ熱風が吹き、わたしの表層を焦がす。

きょうわたしが使ったのは、赤寄りのオーカー色、黄色寄りのオーカー色、黒、それに少しの白。自分が、泉、湖、滝など、渇きを癒やす豊かで新鮮なあらゆる水の近くにいると感じる。ついに野性を得て、ついに現在の乾いた日々から自由になる。境界線に縛られることなく、前後に速足《トロット》で動く。高山の斜面で、太陽に捧げる儀式をする。でもわたしは自分自身にとってのタブーで、禁じられ、触れ得ない存在である。わたしは灯火を持って永遠に走り続ける英雄なのだろうか？

ああ、〈存在〉の〈力〉よ、神と呼ばれる汝《なんじ》、我を助け給え。あまりにも恐ろしいものがわたしを呼ぶのはなぜか？　恐怖心をわたしはどうしたいのか？　わたしの悪魔は罰を怖れぬ殺人者だから。だが罪は罰よりも重要だ。わたしは、破壊という幸福な直観で生気を漲《みなぎ》らせる。

わたしが描くもの、書くものを理解しようとしてほしい。説明したい。絵画でも文章でも自分が見ている瞬間を表そうとしている――過去の一瞬に見たという記憶を通して見るのではなくて。一瞬とはこの時間である。一瞬は差し迫ってわたしの息を止める。一瞬はみずからの裡で切迫するもの。それを体験するのと同時に、わたしは別の一瞬への移りゆきのなかに身を投じている。

そんなふうにわたしは、自分が描いた教会の門扉を見た。あなたはその絵の左右対称が過剰だと主張した。説明させてほしい。シンメトリーは、わたしが成し得たもっとも偉大なもの。わたしはシンメトリーを怖れなくなり、着想の無秩序を怖れなくなった。ごくありふれた偽のアシンメトリーを簡単に模倣できる状況でシンメトリーを再評価するには、経験や勇気が必要だ。わたしが教会の門扉を描く際に生み出すシンメトリーは濃密で完成度が高いけれど、教条的ではない。それは、ふたつのアシンメトリーが出会ってシンメトリーになるという希望を帯びている。第三の解決策としての総合。おそらくそこから来るのが、門扉を失った空気であり、繰りかえし体験されたことの繊細さであって、知らない者たちが有する、一貫性のない大胆さではない。いや、そこにあるのは静穏さそのものではない。腐敗してなお屹立《きつりつ》したままの物をめぐる厳しい戦いがある。もっとも濃い色のなかに、捻《ねじ》れてなお屹立している物の蒼白さがある。わたしの十字架たちは数世紀にわたる拷問によってねじ曲がっている。門扉は、祭壇の様子を予告しているのだろうか？　門扉の沈黙。緑がかった扉は、生と死のあわいにあるものの色調を、薄明かりの強烈さを帯びている。

そして静かな色の数々のなかに、古い銅と鉄とがある――すべてが、急坂の地面で失われて見出された物々の沈黙で広がっている。長い道と埃《ほこり》を、絵の休らいにたどり着くまで感じている。門扉が開かなくても。あるいは、教会の門扉はすでに教会だろうか？　門扉の前にもう着いているのだろうか？

門扉を移設しないようにわたしは戦っている。それは不在のキリストの壁だが、その壁はそこにあって触れることができる。手もまたまなざすから。

わたしは、描く前に素材を創り出す。木材は、彫刻家にとってと同じく、わたしの絵画にとって不可欠である。創られた素材は、宗教的である。修道院の梁《はり》のような重みを帯びている。小さくまとまっていて、閉じた門扉のように閉じている。でもその扉には爪で引っ掻かれた傷口が開いている。それらの裂け目を通して、ある総合の内部にあるもの、ユートピアのシンメトリーの内部にあるものが垣間見える。凝固の色合い、暴力、殉教、それらが、宗教的なシンメトリーを支える梁である。

でもいまわたしの関心を引いているのは鏡の謎。それを描く術を、それを言葉で語る術を、わたしは探している。でも鏡とは何か？　鏡という言葉は存在しない。存在するのは鏡だけである。というのもひとつの鏡は無数の鏡だから。世界のどこかに鏡が埋まっている鉱山があるのだろうか？　鏡は人の手で造られたものではなく、生まれたものである。煌めく夢遊の鉱脈を生み出すために、多くの鏡は必要ない。ふたつあれば充分だ。一枚の鏡が、もう一枚の鏡に映る像を映し返し、強烈な無言の電報で伝達されるような執拗《しつよう》な恐怖を引き起こす。魅惑された手をそこに浸し、鏡という硬い水の反映を滴らせながら引き抜くことのできる液体。未来を予知する占い師の水晶玉のように、鏡はわたしを、占い師の瞑想《めいそう》の場である空虚、わたしの限りない沈黙の場である空虚へと引きずってゆく。沈黙が沈黙の上に広がり、わたしはうまく話せなくなる。

鏡？　みずからの裡に、止まることなく永遠に前方へと進む空間を有する、水晶の空虚。鏡は、あり得るかぎりもっとも深い空間だから。魔術的なもの。鏡のひと欠片《かけら》があれば無人の地で瞑想することもできる。みずからの姿を見るというのは、途轍もないことだ。背中に逆毛を立たせる猫のように、わたしは自分を前にして鳥肌が立つ。無人の地からもまた、わたしは空っぽで、啓《ひら》きと光、鏡と同じ震える沈黙とともに戻ってくる。

鏡の形は重要ではない。どんな形も、鏡を封じ込め変容させることはできない。鏡は光である。鏡のどんな小さな破片もつねに完全な鏡である。

額縁を、外枠の線を取り去れば、鏡は水のように零《こぼ》れて広がる。

鏡とは何なのか？　人の手で造られた物質のなかで唯一、自然なもの。鏡をまなざす者、鏡を見ることのできる者は、みずからを見ることができる。鏡の深みが空虚さであることを理解する者、自分の姿の痕跡を残さずにその透明な空間の内側へと歩んでゆく者——そういう人は、鏡の物としての謎に気づいている。そのために、鏡がひとりでいるときに不意を突かなければならない。空っぽの部屋に吊り下がっているところを。きわめて細い針が、鏡の前では針の単なる像に変わること、鏡が、実体ではなくイメージをごく軽やかに反映する能力において、きわめて多感であることは忘れずに。物の実体。

鏡を描くとき、それをわたしの姿で貫いてしまわないよう、自分も繊細でなければならなかった。わたしが自分を見る鏡はもはやわたしであり、鏡が生きているのは空虚なときだけだから。ごく繊細な人だけが、空虚な鏡がある空っぽの部屋に入ることができ、その軽やかさ、自身の不在によって、イメージの跡を残さずにいられる。そのような繊細な人は褒賞として物々の不可侵の秘密を知る。つまり、真の鏡を目にするのだ。

そして、鏡の裡にある、ひとつふたつの氷塊があるだけの、凍りついた広大な空間を発見するのだ。でもそこには暗闇が続いていて――それに気づくのは類のない一瞬である――、暗闇の継続を不意打ちするためには、自身を断食し、日夜見張っていなければならない。わたしはその震える光輝を黒と白とで画布に定着させた。同じ黒と白とでわたしは、寒気で鳥肌を立たせつつ、そのもっとも捉えがたい真実のひとつ、色彩のない氷の静寂を捉え直す。鏡における色彩の暴力的なまでの欠落を理解しなければならない。水における味の暴力的なまでの欠落を再創造するかのように、鏡を再創造するためには。

いや、わたしは鏡を描写したのではない――わたしが鏡だったのだ。言葉たちは言葉たち自身であり、散漫な声調はない。

ここで中断して、わたしの裡に存在しているのはXだと言わなければならない。X——わたしはその「それ」に身を浸している。言い表せないもの。わたしが知らないことのすべてがXのなかにある。死は？　死はXである。だが多くの生もそうだ。生を言い表すことはできないから。Xはわたしの裡で身悶え、わたしはその声域に怖れを感じる。それはチェロの弦、触れると旋律ではなく純粋な電気を発する張り詰めた弦のように震える。言い表せない一瞬。Xに気づくのは異種の感受性である。

血管を通って活気づく創造的な眠りを味わえるように、あなたにもXを体験してほしい。Xは善くも悪くもない。つねに独立している。だが実体を持つものにしか訪れない。非物質的だが、わたしたちの体、物の実体を必要とする。Xという完全に謎の物体が存在する。音もなく震えるものとか。瞬間々々は、止めどなく破裂するXの欠片。わたしの過剰分が痛み出し、わたしが過剰なとき、溜《た》めておけば胸を破裂させかねない乳を出さなければならない。圧力から自分を解き放ち、普通の大きさに戻る。柔軟性そのもの。柔らかい豹の柔軟性。

檻に入れられた黒豹。豹の目をまじまじと見つめて、見返されたことがある。わたしたちはたがいに相手の姿を変えた。あの恐怖。心中は目が眩んでその場を立ち去った。不穏なXを抱えて。すべては思考の背後で起こったこと。黒豹と視線を交わしたあの恐怖が懐かしい。わたしは恐怖を引き起こすことができる。

Xは、「それ」の息吹なのだろうか？　吐き出される冷たい呼気だろうか？Xは言葉だろうか？　言葉はただひとつの物を指し示し、わたしの手は決してそれに届かない。わたしたちのひとりひとりが、複数の象徴に関わるひとつの象徴である——すべてが、現実を指し示す参照点でしかない。わたしたちは必死に自分のアイデンティティを、現実のアイデンティティを見出そうとしている。象徴を通じてたがいを理解するのは、わたしたちが同じ象徴を、物それ自体をめぐる同じ経験を共有しているからである。でも現実を言い換えることはできない。

わたしはあなたに抽象的に語っている。そして自問する。わたしはアリア・カンタービレなのだろうか？　いや、わたしがあなたに書いているものは歌えない。どうして、簡単に見つけられるテーマを選ばないのか？　そうはせずに、わたしは壁に背を当てて歩み、見つけた旋律を隠し、陰のなかを、たくさんのことが起こる場所を歩く。ときどき、決して陽の当たらない場所で、壁を滴り落ちるように崩れる。わたしのテーマの成熟は、アリア・カンタービレに――別の曲を作る別の人に――、わたしのカルテットの成熟の音楽になるのだろう。これはまだ未熟だ。旋律は事実であるだろう。だが、誰もいない小径《こみち》で、わたしたちが何も知らずに眠っているあいだに終わる夜に、どんな事実があるだろう？　事実はどこにあるのか？　わたしの物語は静穏な暗闇、その力の裡に眠る根、香りなき香りについてのもの。どこにも抽象は存在しない。それは名づけ得ないものの具象である。わたしのカルテットに、肉体はほぼ存在しない。「神経」という言葉が、痛みを伴う震動を指し示すのは残念だ。そうでなければ、神経のカルテットがあり得るのに。演奏されるときに「他の物事」については語らず、話題を変えない暗い弦楽器たち——みずからの裡に、みずからによってのみあり、嘘も幻想もなくありのままに身を呈する。

わたしの書いたものを読んだあと、あなたにとって耳のなかでわたしの音楽を再生するのは難しいことで、そらで覚えないまま歌うのは不可能だということはわかっている。筋書きのないものをどうやって暗記できるというのか？

でもあなたはいずれ、やはり闇のなかで起こった何かを思い出す。その最初の無音の存在を分かち合う。静穏な夜の静穏な夢のなかでのように、幹の樹液で滑っている。そして言う。何の夢も見なかった、と。それで充分だろうか？　充分だ。何よりその最初の存在に過ちはなく、嘘をつけるのにつかない者特有の情調がある。充分？　充分。

　でもわたしはテーマの絵も描き、物体を創り出してみたい。その物体は――クローゼット。だって、それ以上に具体的なものがあるだろうか？　描く前にクローゼットを研究してみなければならない。何が見えるか？　扉が付いているので内部に入れるように見える。でも開くと、入り込むのは繰り延べられる。内側もまた木の表面だから。クローゼットの役割は、暗闇に変装する衣服を保管しておくこと。その性質とは、物々が荒らされないようにすること。人びととの関係はというと、人は扉の内側に付いた鏡に自分の姿を見る。人はいつも不適切な光で自分の姿を見る。というのも、ふさわしい場所にクローゼットが置かれていることは絶対にないから。置かれたところに居心地悪そうに立ち、こぶのついた巨体を持て余し、内気で無様で、存在感がありすぎて慎ましい振る舞いを知らずにいる。クローゼットは巨大な不法占拠者で、悲しく善良である。

でも、鏡付きの扉が開く――すると扉のその動きによって、暗い内部の佇《たたず》まいに、その佇まいに僥い光でできたガラスのフラスコがいくつも入ってくる。

そしてわたしはクローゼットの本質を描くことができる。決して歌われるものではない本質を。でもわたしが手に入れたいのは、あなたの深みに達する手段としての、ばらばらの物事を語る自由。間違ったことだけにわたしは惹きつけられる。わたしは罪を、罪の花を愛する。

でも、わたしがあなたの欠点を愛したのに、あなたがわたしの欠点を大目に見てくれないなら、どうすればいいだろう。わたしの無垢をあなたは踏みにじった。あなたはわたしを愛さなかった。わたしだけがそれを知っている。わたしは孤独だった。あなただけのものだった。わたしは誰に向けて書いているのでもなく、存在しない即興が行われているだけのこと。わたしはわたしを、自分から引き剝がした。

わたしはばらばらになることを望む。そうして初めてわたしは世界のなかの存在になる。そうして初めてわたしは心地よくなる。

あなたにも心地よくしていてほしい。わたしは自分の孤独の裡で爆発してしまいそう。死は無音の内なる爆発であるに違いない。体はもはや体であることに耐えられない。死の味が、ひどい空腹時に食べるものの味だとしたら？　もし死ぬのが快楽であるとしたら、自己本位の快楽だとしたら？

きのうわたしはコーヒーを飲んでいて、家政婦が作業部屋で服を紐《ひも》に吊るしながら、歌詞のない旋律を口ずさむのを耳にした。ものすごく悲しい歌。それは誰の歌なのかと訊くと、彼女は答えた。自分で作ったくだらない歌です、誰のものでもありませんよ、と。

そう、わたしがあなたに書いているものは、誰のものでもない。誰のものでもないその自由は、ひどく危険だ。空気の色をした無限のように。

わたしが書いているこれらすべてはひどく熱くて、火傷しないように左右の手で急いで持ち替える熱い卵のよう――わたしは卵の絵を描いたことがある。そしていま、絵のなかでのようにただこう言う。卵、それで充分。

いや、わたしはモダンだったことはない。つまり、こういうことなのだ。ある絵を新奇に感じるとき、それこそが絵である。言葉を新奇に感じるとき、言葉は意味に到達する。人生を新奇に感じるとき、人生が始まる。自分を超越してしまわないように気をつけている。こういったことすべてに、自制心が大きく働いている。だからわたしはただ休息するために悲しみに浸る。悲しみでこっそりと泣くに至る。それから立ち上がってふたたび始める。いまあなたに物語を語らないのは、それが売春の行為になってしまうから。あなたを喜ばせるために書いているのではない。書いているのは、第一にわたし自身を喜ばせるため。純粋な線をたどって、わたしの「それ」を汚染から守らなければならない。

いまわたしは、どんな微かな検閲もせずに心に浮かぶあらゆるものを書こうと思う。未知のものに惹かれている。でもわたしにわたしがいるかぎり、孤独になることはない。始まってゆく。死にゆく文章ひとつひとつのなかに、現在を捉えてゆく。いまから。

ああ、こんなふうだと知っていたら、わたしは生まれてきたくなかった。知っていたら生まれてきたくなかった。狂気は、きわめて残酷な良識の隣人である。これは脳内の嵐であり、ある文は他の文とほとんど繫がっていない。わたしは狂気ではない狂気を呑み込む——それは別のもの。わかるだろうか？　でも、わたしは疲れ切っていて、死だけがこの疲れを取り除いてくれると思えるほどなので、ここで止まらなければならない。わたしは立ち去る。

戻ってきた。いまふたたび、この瞬間に思い浮かぶことに自分を合わせていこうと思う――そうして自分を創り出す。こんなふうに。
あなたがくれたガラス製の指輪は壊れて、愛は終わった。でも時おり、その代わりに、たがいを愛し合い、貪り合った者たちの美しい憎しみが訪れる。目の前にある椅子は、わたしにとっては物体である。わたしがまなざしているあいだは、役に立たない。わたしがこの時間に生きているということを理解するよう、いま何時か教えてほしい。わたしは自分に出会いつつある。そこには命の危険がある。わたしを完結させるのは死だけだから。でもわたしは最後まで耐える。あなたにある秘密を語ろうと思う。生は死に至る。すべてを中断して、あなたにこう言わなければならない。死は不可能で触れ得ない。そのために死は、それに耐えられず自殺する人もいる未来でしかない。あたかも生が次のように語るかのようだ。そして「次のように」に何も続かないかのようだ。ただ、期待する余白があるだけ。すべての一瞬に死の危険があることを隠匿《いんとく》するために、わたしたちはこの秘密について黙っていましょう。物体としての椅子はわたしの関心を引く。わたしは、物体たちがわたしを愛さないかぎり、それらを愛している。でも、わたしが自分の書いているものを理解できないとしても、それはわたしのせいではない。わたしが語らなければならないのは、語ることが救いになるから。でもわたしには言うべき言葉がひとつもない。率直さという狂気のなかで、人は自分に何を言うことができるのか？　救いにはなるだろう。率直さの怖ろしさが、わたしを世界に結び付け、世界の創造的な無意識に結び付ける闇の域から来るとしても。今夜は空にいくつもの星が見える。雨は止んだ。わたしは盲《めし》いている。両目を大きく開けて、ただ見ようとする。でも秘密は——見ることも感じることもできない。わたしはここ、思考の背後で、正真正銘の乱痴気騒ぎをしているのだろうか？　言葉たちの乱痴気騒ぎを？　レコードプレーヤーは壊れている。わたしは椅子を見たが、そのときは椅子もまた見返してきたかのようだった。未来はわたしのもの――わたしが生きているかぎりは。花瓶に挿してある花々が見える。それらは野の花で、植えられずとも生まれてくるもの。色は黄色。でもわたしが雇っている家政婦は言った。なんてみっともない花、と。フランシスコ会のような清貧を愛することは難しいから。わたしの思考の背後に、世界の真理である真理がある。自然の非論理性が。なんという静寂だろう。「神」は、わたしを恐怖に陥れることのような巨大な静寂に属している。椅子を発明したのは誰だろう？　わたしの心に訪れるものを書くには勇気が要る。何が訪れ、驚かすのかは、決してわからない。聖なる怪物が死んだ。その代わりに、母親のいない少女が生まれた。止まらなければならないのはよくわかっている。言葉が欠けているためではなく、これらの物事、とりわけわたしが考えるだけで書かなかった物事が――言い得ないものだから。経験と呼ばれるものについて話そうと思う。助けを求め、助けられる経験。いつの日か無言で懇願し、無言で受け取るために生まれたことに、報いはあるのだろう。わたしは助けを求め、拒否はされなかった。それで、自分が致死の矢が刺さった虎で、痛みを取り除いてくれる勇敢な人間を探して、怯える人びとのあいだをゆっくりと歩き回っているように感じた。そして、傷ついた虎は子どもと同様に危なくないと知る人が現れる。虎に近づいて、触るのも怖れず、刺さった矢を引き抜く。

それで虎は？　感謝はしない。助けてくれた人の前を緩慢に数回行き来して、ためらう。自分の足のひとつを舐め、重要なのは言葉ではないので、静かに遠ざかる。

いまこの瞬間、わたしは何なのだろう？　わたしはタイプライターであり、じめじめした暗い早朝に、キーの乾いた音を響かせている。わたしが人間ではなくなって長い時が経つ。わたしが物体になることを彼らは望んだ。わたしは物体である。血塗れの物体。わたしは他のさまざまな物体を創り出す物体である。そしてタイプライターはわたしたちすべてを創り出す。それは要求する。その機構は繰りかえしわたしの生を要求する。わたしは完全に屈従するわけではない。わたしが物体にならなければならないとしたら、叫び声を上げる物体がいい。わたしの裡には痛むものがある。痛み、助けを求めている。でもわたしというタイプライターには涙がない。わたしは運命を持たない物体。わたしという物体は、誰の手中にあるのだろうか？　それがわたしの人間としての運命。わたしを救うのは叫び声。思考の背後の背後にある物体の裡にあるものの名において、わたしは抗う。わたしは緊急の物体。

いま――静寂と軽い驚き。

というのも、きょう、七月二十五日の午前五時、わたしは恩寵《おんちょう》に浴したから。不意の、ごく仄かな感覚だった。光が空中で微笑んだ。まさにそんな事態だった。世界の溜息だった。オーロラを盲目の人に語って聞かせることができないように、それは説明できない。感覚という形でわたしに生起したことは言い表し得ない。あなたの共感が直ちに必要である。わたしといっしょに感じてほしい。あれは至高の幸福感だった。

でもしあなたが恩寵に浴した経験があるなら、わたしがこれから言うことを認知するだろう。芸術に関わる人びとにたびたび起こる特別な恩寵であるインスピレーションの話ではない。

わたしの言う恩寵は、何の役にも立たないもの。世界が本当に実在するということを知るためだけに訪れたかのような。その状態では、人びとや物々が穏やかな幸福感を放つのに加えて、軽やかとしか言えない明晰さがある。恩寵においてはすべてが軽やかだから。もはや推し量ることを必要としない者が持つ明晰さ。努力しないでも知っている者。ただ知っている者。何をかと訊かないでほしい。わたしには同じようにしか答えられないから。ただ知っている、と。

そして、何ものにも比せない体の至福がある。身体が贈り物へと変わる。それが贈り物だと感じられるのは、奇蹟的にかつ物質的に存在することに、不意に疑いの余地がなくなる贈与が、源泉において直に経験されるから。

すべてが、想像上のものではない光輪を持つ。物々と人びとの記憶が放つ数学的栄光から来るもの。存在するものすべてが、エネルギーの薄《うつす》らとした栄光を吸ったり吐いたりするのが感じられるようになる。だが世界の真理は、触知できないままに留まる。

それは、聖人たちの恩寵の状態とわたしがかろうじて想像するものに近くもない。その状態を、わたしはまったく経験したことがないし、思い描くこともできない。それは普通の人間の恩寵で、その人を突然に現実の存在とする。普通のもの、人間らしいもの、認知し得るものだから。

この意味でのさまざまな発見は、言い表すことも語り伝えることもできない。

そして思考することも。だから、恩寵の直中でわたしは座ったまま、音を立てずに黙っていた。受胎告知を受けるときのように。天使たちの先触れはなかったけれど。それでも、生命の天使が世界を告知しに来たようだった。

それからゆっくりとその場を離れた。恍惚《トランス》の状態にあるような感じではなかった――恍惚などというものは存在しない――ゆっくりと離れつつ、すべてをすべてとして受け止めた者の溜息をついた。それは郷愁の溜息でもあった。体と魂を得る経験をして、さらに多くを望むようになっていたから。望むのは虚《むな》しい。それは来たいと思ったとき、みずからの意志で来るだけだから。

その幸福を、わたしは言葉の客観化という手段によって永遠のものにしたかった。それからすぐに辞書で「beatitude（至福）」という、言葉としては嫌いな単語を引いて、それが魂の満足を意味することを知った。穏やかな幸福のこと――わたしなら「忘我」とか「有頂天」と言う。辞書にあった続きも好きではなかった。

「神秘的な瞑想に没入した人が感じるもの」と。間違っている。わたしはどんな瞑想もしていなかったし、宗教性もまったくなかった。コーヒーを飲んだあと、灰皿で燃えている煙草の傍らに座っていただけだ。

それが始まって、わたしを覆い尽くすのを感じた。消失して終わるのも感じた。嘘ではない。何の薬物も使っていないし、妄想ではなかった。自分が誰なのかわかっていたし、他の人たちが誰なのかもわかっていた。

でもいま、わたしに起こったことを言葉で捉えることができるか試してみたい。言葉を使うことで、わたしが感じたものを少し損なってしまう——それは避けられない運命だ。以下に続くものを、わたしは「至福の余白に」と名づけよう。こんなふうに、ごくゆっくり始まる。

それが見えるとき、見るという行為に形はない——見えるものには、形があることもあるし、ないこともある。見るという行為を表現することはできない。そして見えたものが表現できないこともある。わたしがただ名前を与えるために「自由」と呼ぶある種の思考感覚。自由そのものは——知覚の行為としては——形を持たない。そして真の思考がみずからを思考するように、そのような思考は、思考する行為それ自体においてみずからの目的を達成する。ぼんやりとした根拠のない思考だと言っているのではない。原初の思考は——思考の行為としては——すでに形を持っていて、より容易にみずからに、というか考えている者自身に伝達されるものである。そのため——形を持っているため——到達できる範囲は限られている。いっぽうで「自由」と呼ばれる思考は、思考する行為として自由である。考える者自身にもその思考が誰のものでもないと思えるほどに、自由である。

真の思考は、誰のものでもないと思える。

至福もそのような特徴がある。至福は、考える行為が、形式を必要としなくなる瞬間に始まる。至福は、思考感覚がその人が思考する必要性を超越したときに始まる――もはや考えなくてよいその人は、無の壮大さの近くにいる。〈すべて〉の近くに、とも言える。だが〈すべて〉は量であり、量はそれ自体の始まりにおいて限界を有している。正真正銘の計り知れなさとは、無であり、無は障壁を持たず、人が思考感覚を安らわせることのできる場所である。

そのような至福は、それ自体においては俗でも聖でもない。これらすべてのことは、神の実在もしくは非実在という問いには必ずしも含まれない。わたしが語っているのは、人間の思考と、その思考感覚が、伝達不可能性の極致に達し得る様態について――その伝達不可能性は同時に、詭弁《きべん》でも矛盾でもなく、その人にとってより大きな伝達可能性の地点でもある。その人は自分自身と伝達しあうのだ。

眠りはわたしたちを、空虚なのに充満してもいるその思考の至近へと連れてゆく。わたしが言っているのは夢のことではない。夢は原初の思考である。わたしが言っているのは眠りのこと。眠りは、無において放心し、広がってゆくことである。

また、恩寵の状態がもたらした自由のあとには、想像の自由も生じるということも言っておきたい。いまこそ、わたしは自由である。

自由の上に、ある空虚の上に、わたしはごく穏やかな、反復する音楽の波を創り出す。自由な創作という狂気。あなたもわたしといっしょに見たい？　その音楽が流れる風景を？　空気、緑の葉状体、広大な海、日曜日の朝の静けさ。一本脚の細身の男が、額のまんなかに大きな透明の目を持っている。ある女性の存在者が四つん這いで近づいてきて、他の空間から来るような声で、最初の声ではなく、聞こえなかった最初の声の反響のように響く声で言う。不器用で高揚した声が前世の習い性で言う。「お茶はいかが？」と。返事は待たない。黄金の小麦の細穂を摑んで、歯のない歯茎に挟み、両目を開けたまま四つん這いで遠ざかってゆく。鼻のように不動の目。物体を見つめるためには、骨のない頭全体を動かさなければならない。でも何の物体を？　いっぽう、細身の男は一本脚の上で眠りに就いて、閉じないまま目を眠りに就かせた。目を眠りに就かせるとは、見ようとしないことである。見ていないときに、目は眠る。黙った目に、虹が架かった平原が映っている。奇蹟の空気。音楽の波がふたたび流れ始める。誰かが爪を見る。遠くから音がする。プシウ〔ポルトガル語圏で、人を呼ぶときに発声する音〕！　プシウ！……。でも一本脚の男が、自分が呼ばれていると想像することは決してない。傍らで、いつも傍らで吹いているように聞こえるフルートのような音が始まる――傍らの、震えずに音楽の波を渡ってゆく音が始まる。何度も繰りかえされて、その絶え間ない滴《しずく》で岩を穿《うが》つ。きわめて気高い、装飾のない音。陽気でゆったりとして鋭い嘆き。フルートの、耳障りではない甘い音の鋭さ。痙攣がもたらす音よりも高く、幸せな音。地球上の人間は誰しもそれを聞けば狂って、永遠に微笑み続けるだろう。でも脚が一本しかない男は——直立したまま眠る。そして女性は浜辺に寝そべり、思考しない。新しい登場人物が無人の平原を横切り、片足を引きずりながら消えてゆく。こう聞こえる。プシウ、プシウ！　でも誰も呼べない。

わたしの自由が創り出した場面がいま終わった。

わたしは悲しい。絶頂に由来する不快感は、日々の生活には収まる場所を持たない。絶頂のあとには、反響する水晶のような痙攣を和らげるための眠りが来るべきだ。絶頂は、忘れられなければならない。

日々。わたしがそのなかで生きている鉄のような日中の光のせいで、悲しくなった。物体が溢れる世界で、鉄の匂いを吸い込む。

でもいま、わたしは自分にとって心地よく少し自由な事々を言いたい。たとえば、木曜日は光を浴びた虫の翅《はね》のように透き通った日。月曜日が小さくまとまった日であるように。心の奥底では、思考の遠い背後では、このような観念を抱いてわたしは生きている。それを観念と呼べるなら。それらは、わたしが言葉を使わなければならないために観念へと姿を変える感覚である。言葉を使うのは心の裡でだけれど。原初の思考は、言葉を使って考える。「自由」は、言葉の奴隷である状態からみずからを解放する。

そして神は、怪物めいた被造物である。神を怖れるのは、わたしの身の丈に対して神があまりにも全的だから。また、神との関係においてある種の羞恥心《しゅうちしん》を抱いている。わたしには神さえあずかり知らない秘事がある。怖れ？　わたしの知り合いのある「彼女」は、蝶を超自然の存在であるかのように恐《こわ》がる。蝶の神的な要素とは、恐怖を与えるということだ。わたしの知り合いのある「彼」は、花々を見ると恐怖で全身に鳥肌が立つ――花々が、暗闇のなかの誰のものでもない溜息のように、おぞましいまでに繊細だと思っているのだ。

暗闇に響く口笛が聞こえる。人間であるという状況に病んでいるわたし。わたしは自分に対する反乱を起こす。もう人間であることをやめたい。誰が？　誰が、生と死について知るわたしたちに憐憫《れんびん》を抱くだろう？　わたしは動物を深く妬んでいるのに——動物は、自分に与えられた状況を意識しないのだろうか？　誰がわたしたちを憐れむだろう？　わたしたちは棄てられた存在なのか？　絶望へと引き渡されているのか？　いや、何らかの癒やしがあり得るはずだ。誓って言う。あるはずだ。わたしたちが知っている真理を言う勇気がわたしにはない。禁じられた言葉が存在する。

でもわたしは告発する。わたしたちの弱さを告発し、死ぬという狂おしい恐怖を告発する——そしてそれらおぞましきものすべてに応える——いま、まさしくそれが書かれようとしている——それらおぞましきものすべてに、喜びをもって応える。何より純粋で何より軽やかな喜び。わたしの唯一の救いは喜び。本質たる「それ」の裡にある無調の喜び。意味不明？　意味はあるはず。というのも、生はひとつだけなので、闇雲な信心の他に何も保証がないとしたら、あまりにも残酷だ——残酷すぎる。だからわたしは不屈の喜びをもって応える。悲しみに陥ることを拒む。わたしたちは喜びを感じていよう。喜びを感じること、狂おしい深い喜びを一度でも味わうことを怖れない者は、わたしたちの最良の真理を手に入れる。わたしは——何事があっても、そう、何事があっても——言葉を用いて留めなければ過ぎ去ってしまう今の瞬間に、喜びを感じている。わたしは打ち負かされることを拒むから、まさにこの瞬間に喜びを感じている。だからわたしは愛する。応えとして。非人称の愛、「それ」である愛、それは喜び。愛がうまく行かないとしても、愛が終わるとしても。そしてわたし自身の死、わたしたちが愛する人たちの死も、喜びでなければならない。どのようにかはまだわからないけれど、そうでなければならない。生きるとはそういうことだ。「それ」の喜び。

わたしは打ち負かされた者としてではなく、アレグロ・コン・ブリオとして自己になる。

というか、わたしは死にたくない。「神」に対して、自分を拒む。わたしたちが神への挑戦として死なないでいるのはどうだろう？

神よ、わたしは死なない。わかった？　わたしには勇気がない。わかった？死なせないで。わかった？　いつともどこことも知らずに、死ぬために生まれるのはおぞましい。わたしは大きな喜びを感じていたい。わかった？　応えとして、侮辱として。ひとつ保証する。わたしたちは罪人ではない。生きているあいだにわたしは理解しなければならない。わかった？　だってあとでは遅すぎるから。

ああ、一瞬々々のこのフラッシュは決して終わらない。わたしの「それ」についての歌は決して終わらない？　わたしは故意の行為で終わらせようと思う。でもその歌は不断の即興であり、未来である現在をいつもいつも創り出しながら続いてゆく。

これは即興。

どう続いてゆくのか知りたい？　今日の夜――説明するのが難しい――今日の夜、夢を見ている夢を見た。死後とはそのようなものだろうか？　夢の夢の夢の夢のような？

わたしは異端の者。いや、違う。あるいはそうなのか？　でも何かが存在している。

ああ、生きるというのはひどく心地悪いこと。すべてが窮屈で苦しい。体は要求が多いし、精神は休まらないし、生きるのは眠いのに眠れないようなこと――生きるのは不快だ。裸の体で歩くことも、裸の精神で歩くこともできない。

生きるのは窮屈だとあなたに言わなかっただろうか？　わたしは眠りに就いて、あなたのために荘厳なラルゴを書く夢を見ていた。あなたに書いているものよりも真実であるラルゴを。恐怖もないもの。夢のなかで書いたものをわたしは忘れてしまい、すべては無へと還《かえ》った。神と呼ばれることもある、〈存在〉の〈力〉へと還った。

すべては終わるけれど、わたしがあなたに書いているものは続いてゆく。それはよいもの、とてもよいもの。もっとよいものはまだ書かれていない。もっとよいものは行間にある。

今日は土曜日で、澄み切った空気でできている。空気だけで。わたしは深い習練として語り、自分自身の深い習練として絵を描く。いまは何を書きたいだろう？　穏やかで、流行り廃りのないものがいい。何か、記憶のなかで実際より高く見えるモニュメントの記憶のような何か。でもわたしは通りすがりに実際にそのモニュメントに触りたかった。土曜日だから、書くのをやめようと思う。

まだ土曜日。

のちであろうとし続けるもの――それが今。今とは、今が支配する領域。即興が続くあいだはわたしは生まれる。

そして、「わたしは誰なのか」という問いが生じた午後のあと、そして午前一時になお絶望から抜け出せずに目覚めたあと――午前三時に目覚めて、自分を見出した。自分自身に出逢った。穏やかさ、喜び、爆発を伴わない充足感。わたしはただわたしである。あなたはあなたである。広大で、持続してゆく。

あなたに書いているものは「それ」である。止まらない。続いてゆく。わたしを見て、わたしを愛してほしい。いや。あなたはあなたを見て、あなたを愛する。それは正しいこと。

あなたに書いているものは続いてゆき、わたしは魔法にかかったように有頂天になっている。

訳者あとがき

一九六〇年代から七〇年代にかけて世界的な名声を得たラテンアメリカの作家たちと同世代に属しながらも、ガルシア゠マルケスやカルペンティエルらの「魔術的リアリズム」と呼ばれる本流とは作風を異にするクラリッセ・リスペクトルは、当時には充分な脚光を浴びなかったかもしれない。とはいえその頃、クラリッセ本人は同じラテンアメリカのスペイン語圏の作家たちにも注目していた。彼女が寄稿していた日刊紙Jornal do Brasilの記事には、自身がポルトガル語訳したらしいボルヘスの散文「ボルヘスとわたし」が掲載されている。また、ガルシア＝マルケス『百年の孤独』について、「愛、暴力、狂気に満ちた家族の物語」で、「大きな文学的価値を持つ稀なベストセラー」であるという評言を寄せている。

魔術的リアリズムの小説群が、驚異に満ちた世界の、個性の際立つ登場人物たちの叙事詩的な物語であった一方で、リスペクトル文学の極北を成す本作『水の流れ』（一九七三年）は、語り手「わたし」と、読者を指しているらしい「あなた」の他には、名前のある登場人物らしい登場人物はほとんど出てこないし、自分ひとりの部屋にいて、思索し、回想し、執筆している「わたし」には、それらの行為以上の、出来事らしい出来事は起こらない。というか、極限まで抽象化された、時間や感覚をめぐる思念それ自体を、クラリッセは比類のない出来事として浮かび上がらせている、と言うべきなのだろう。

言葉に収まりきらないものの周りを巡る水の流れのような言葉の連なりそのものが、ここで物語となっている。「愛の行為においてのみ——感覚を星のように清澄《せいちょう》に抽象することによって――、空中で震える硬質の水晶のような、瞬間の未知なるものを捉えることができる。生とはその語り得ない瞬間であり、出来事それ自体を超越する。愛において、非人称という宝石のような瞬間が空中で煌《きら》めく」。

本作には「愛の行為」を仄《ほの》めかす象徴が鏤《ちりば》められている。たとえば、「わたしの内部の超越性は生きた柔らかい「それ」で、牡蠣《かき》が思考するように思考する」、「深みにレモン汁を垂らされて全身を捩らせられるのは好きではない。生の事実とは、牡蠣にかけられるレモン汁だろうか？」。また、「満たされた生の昏い官能に、サファイア、アメジスト、エメラルドが撒《ま》き散らされることを望む。わたしの暗闇のなかでは、みずから光を発する言葉、巨大なトパーズが震えるから」。

よく知られているように、晩年のフーコーは、西欧近代における学校や監獄を通じた規律・訓練、性の統制と言説化をめぐる「生政治《せいせいじ》」について思考したが、その過程で西欧文学の枠組みの変化に繰りかえし言及している。資本主義社会において、身体が「時間を加算して資本化するための装置」として規律・訓練の対象になり、そのために生と性が権力による統治の領野となる。そのような体制のもと、性の容態《セクシュアリテ》をめぐる言説が多産され始めるのと並行して、文学は精神分析とともに、「語りがたいもの」「汚辱」の言説となり、性をめぐる秘密や恥辱の告白が新たな冒険の野となる一方、叙事文学の核だった「偉業」「驚異」「幻想」が閑却されるようになる。フィクション（la fiction）が驚くべきもの（le fabuleux）にとって代わり、小説（le roman）は幻想的なもの（le romanesque）から解放されることによって発展してゆく——。

西欧文学の主流からすでに外れていた驚異、幻想、叙事詩的なものが、二十世紀ラテンアメリカ文学において、かつて馴染んだ形で存続しているのが〈発見〉され、「魔術的リアリズム」と総称されたとき、魔術や驚異はかつての西欧叙事文学の系譜に連なるもの、近代文学が失ったあり得たかもしれない未来と受け止められたかもしれない。フランコ・モレッティは*Modern Epic*（一九九六年、原著一九九四年）で、ガルシア＝マルケスをめぐる西欧の熱狂について、「あたかも天才の閃きが、ヨーロッパの教養ある読者層が抱いていたひそかな望みをガルシア＝マルケスに対してあらわにしたかのようだ。すなわち、物語を再び信じたい、という望みを」と書いている。

そしてクラリッセ・リスペクトルのこの小説『水の流れ』は、性の秘密、幼少年期の内面、精神的な幻覚といった個別性に焦点を当てる西欧文学（小説）の新たな潮流に乗るもので、女性の手になるものとしては、同じ一九七三年に出版されたアメリカの作家エリカ・ジョングの『飛ぶのが怖い』と並置することもできるかもしれない。「しかしわたしはもっと幻想を尊重する。人間は人間が夢見るところのものだ。人間は人間が夢想するところのものだ。（……）というのはセックスはすべて頭のなかにあるからだ。脈搏とか分泌とかは一切かかわりないのだ。だからベストセラーの性の教科書なんて、みんなとんでもないまやかしものだ。骨盤を使ってのファックなら教えてくれるが、頭でのファックは教えてくれない」（柳瀬尚紀訳）とあるジョングの小説よりも、『水の流れ』はある意味では、夢想のなか、頭のなかの性を詩的に表現することを深く追求していたように見える。

本作には、『思考の背後で 生との対話 *Atrás do Pensamento: Diálogo com a Vida*』と題された最初の草稿版と、『叫ぶ物体 *Objeto Gritante*』と題された第二の草稿版が存在した。その出来に作者自身が納得することができず、改稿が重ねられる。クラリッセの伝記 *Why This World*（二〇〇九年）におけるベンジャミン・モーザーの言葉を借りれば、「主婦の雑談」のような「文学あるいはフィクションの技巧による洗練がまったくない日常の声」で構成されていた第二の草稿版では、実在の知り合いをはっきり想起させる人物が描かれていたり、学校の名前、クラリッセが幼少期を過ごした街の名前レシーフェなどの固有名詞が出てきたりしていた。これらの具象は、決定版『水の流れ』ではなりを潜め、結果としてエピグラムに掲げられたベルギーの画家ミシェル・スーフォールの言葉にあるような、形象から自由な絵画のような、思考の抽象度、物語の純粋性が高められた小説ができあがった。

草稿版『叫ぶ物体』にあって決定版で削除された箇所で、注目しておきたいもののひとつに、ひまわりをめぐる記述がある。本作の半ばすぎ、さまざまな花のことが語られるなかに次のような一節がある。「ひまわりは、太陽の大いなる息子。だからその巨大な花冠を自分の創造主に向ける。太陽が父なのか母なのかはどうでもいい。わたしは知らない。ひまわりという花は女性だろうか、それとも男性だろうか？　わたしは男性だと思う」。草稿版ではこのあとに、「でもひとつ確かなことがある。ひまわりはウクライナのものだ」という文が続いていた。

ユダヤ人のリスペクトルの一家が故郷を追われ、ブラジルへ亡命する要因となったソヴィエト・ウクライナ戦争は、一九一七年十二月に始まり、二一年十一月まで続いた。そのさなかにソ連兵によるユダヤ人女性への暴行が頻発していたこと、クラリッセの母マニアが病気になったのが戦争中だと推定されることを根拠として、ベンジャミン・モーザーはひとつの結論を導き出し、傍証として「人生の終わり近くにクラリッセはごく近しい友人に告白している」としている。

クラリッセ自身が語ることを周到に避けたトラウマの核について、読者がそこまで立ち入るべきなのか、モーザーの揃えた状況証拠が事実を断定するに足るものなのかはわからないが、リスペクトル一家が代々暮らしてきたウクライナでユダヤ人の虐殺が横行し、夥しい数の人が性暴力を受けたことは間違いない。生後まだ間もない時期に家族に連れられてウクライナを離れたクラリッセにも、惨劇の記憶が、伝聞として薄まってではあれ、何らかの形で継承されていないはずはない。

　クラリッセの息子パウロ・グルジェル・ヴァレンチは、二〇二一年に『星の時』が邦訳される際に寄せた文章 *Intercessões: realidade e ficção*（二〇二〇年、未公刊）で、終盤に現れる巨大なメルセデスベンツが第三帝国総統の車であると指摘し、それが起こす事故を「リオデジャネイロでの三十年後のホロコースト」と呼んでいる。また、題にある「星」はダヴィデの六芒星だと述べている。ウクライナでの惨劇が直接に近づくことが不可能なトラウマの核であるからこそ、クラリッセが入念にさまざまな変形や偽装を施しながらそれについて書いているという想定は、彼女の作品を読むときに心の片隅に持っておくべきだろう。「わたしがあなたに話すことは、わたしがあなたに話すことでは決してなく、別のこと」という本作の言葉は、そのような読みを要求してもいるはずだ。

　本書は、Clarice Lispector, *Água Viva*, 1973, 1998, Rocco の全訳である。Stefan

Tobler による英訳 *Agua Viva*, 2012, New Direction Books を適宜参照した。タイトルは直訳すれば「生きた水」で、ポルトガル語では「流水、湧水」といった意味もある（海の生き物「くらげ」の意味もあり、以前ブラジルで表紙にくらげのイラストをあしらった版も出ていたが、内容からするとふさわしくないかもしれない）。流水や湧水の比喩が本作を貫いて流れていることから、「水の流れ」という邦題を選択した。

訳者にとっては、中篇小説『星の時』（二〇二一年）、日本オリジナルの短篇選集『ソフィアの災難』（二〇二四年、武田千香との共編訳）に次いで、河出書房新社から三冊目のクラリッセ・リスペクトルの訳書となる。そのすべてにおいて担当の竹花進氏に伴走してもらってきた（この三書において著者名をリスペクトルと表記している。以前、集英社から出た『G・H の受難　家族の絆』では「リスペクトール」と表記されていたが、Lispector は、通常の r で終わるポルトガル語の単語で強勢が最後の音節にあるのとは異なり、強勢が、最後の音節 tor ではなく、二つ目の音節 pec にあるため、

「リスペクトル」の方が原音に近くなることを踏まえている）。

リスペクトル文学（のみならず、ブラジル文学、ラテンアメリカ文学、世界文学）のひとつの極点とも呼びうるこの『水の流れ』はしかし、あらゆる読者に開かれた作品とは到底言いがたく、拙訳『星の時』が二〇二二年に第八回日本翻訳大賞を受賞することがなければ、訳者自身、翻訳しようとは思わなかった。三度目でも阿吽《あうん》の呼吸で仕事を進められたわけではなかったが、竹花氏がいなければ本書が日本語で世に出ることはなく、今の時代にこのような翻訳ができたことを翻訳家にとっての望外の幸福として感謝したい。

福嶋伸洋

クラリッセ・リスペクトル

（Clarice Lispector）

1920年、ウクライナ生まれ。生後間もなくブラジルへ移住。1944年にデビュー作となる『Perto do Coração Selvagem（野生の心の近くに）』でグラッサ・アラーニャ賞を受賞。夫の転勤に伴いイタリア、スイス、イギリス、アメリカ等で16年間の居留生活ののち、1959年にリオデジャネイロに戻る。1966年に寝煙草による火災から生死をさまよう火傷を負い、後遺症が残る。1977年死去。邦訳のある著書に『G・Hの受難／家族の絆』（高橋都彦＋ナヲエ・タケイ・ダ・シルバ訳、1984年、集英社）、『星の時』（福嶋伸洋訳、2021年、河出書房新社、第8回日本翻訳大賞受賞）、『ソフィアの災難』（福嶋伸洋＋武田千香編訳、2024年、河出書房新社）がある。他の著書に『A Maçã no Escuro（暗闇の林檎）』など多数。

福嶋伸洋

（ふくしま・のぶひろ）

1978年、新潟県生まれ。共立女子大学文芸学部教授。訳書に、マリオ・ヂ・アンドラーヂ『マクナイーマ』、ヴィニシウス・ヂ・モライス『オルフェウ・ダ・コンセイサォン』、クラリッセ・リスペクトル『星の時』（第8回日本翻訳大賞受賞）、『ソフィアの災難』（共訳）など。著書に、『魔法使いの国の掟』、『リオデジャネイロに降る雪』など。

水《みず》の流《なが》れ

2025年3月20日　初版印刷
2025年3月30日　初版発行

著　者　クラリッセ・リスペクトル
訳　者　福嶋伸洋
発行者　小野寺優
発行所　株式会社河出書房新社
〒162-8544
東京都新宿区東五軒町 2-13
電話 03-3404-1201（営業）
03-3404-8611（編集）
https://www.kawade.co.jp/
組　版　佐々木暁
印　刷　光栄印刷株式会社
製　本　加藤製本株式会社

Printed in Japan　ISBN978-4-309-20921-0